SCHLOSS MÁLFA

Das Buch

Ungarn, um 1870: Der Maler Reginald Randon folgt der Einladung eines melancholischen Grafen, den Winter auf dessen einsamem Heideschloss zu verbringen. Dass der Graf während der dunklen Jahreszeit in den Wahn verfällt, ein Vampir ein zu sein, ist dem jungen Künstler bewusst – doch er ahnt nicht, welches Grauen ihn tatsächlich in den geheimen Gängen von Schloss Málfa erwartet ... Eine Collage aus Werken von E. Marlitt, Theodor Storm, Sheridan Le Fanu und vielen anderen, erzählt *Schloss Málfa* eine Geschichte, die den authentischen Geist des 19. Jahrhunderts atmet, dabei aber doch packend und neu ist.

Der Autor

Moritz Klopstein ist in einem Heidedorf an der ungarischen Grenze aufgewachsen, lebt und arbeitet aber schon seit langem in Wien, wo er mit Vorliebe auf alten Friedhöfen spazieren geht und sich, unter dem Gekrächze der Krähen, in viel zu langen Sätzen verliert.

Moritz Klopstein

SCHLOSS MÁLFA
oder Das Jahr des Vampirs

Roman

Bibliografische Information der Deutschen Nationalbibliothek: Die Deutsche Nationalbibliothek verzeichnet diese Publikation in der Deutschen Nationalbibliografie; detaillierte bibliografische Daten sind im Internet über dnb.dnb.de abrufbar.

© 2022 Moritz Klopstein
Herstellung und Verlag: BoD – Books on Demand, Norderstedt

Umschlagmotiv: Illustration von David Henry Friston zu Sheridan Le Fanus Novelle *Carmilla*, 1872 (gemeinfrei)

ISBN: 978-3-7568-9770-4

Und mir wachsen dunkle Flügel, und mir wächst der heiße Sinn,
Rastlos über Tal und Hügel reißt mich das Verlangen hin.

Felix Dahn, Der Vampyr (1875)

REGINALD RANDON

1

Ich bin in meinem Leben zwei Vampiren begegnet: einem lebendigen und einem toten.

Der lebendige hieß Ivo von Eschenhein und hatte die schwarze Melancholie. Er entstammte einer englischen Bankiersdynastie, hatte es durch die Ehe mit einer steirischen Adligen aber zu einem österreichischen Grafentitel gebracht. Wie alle vornehmen Engländer hatte er den Spleen oder wie man es eben hierzulande benennt: die schwarze Melancholie. Es ist dies eine zur fixen Idee verdichtete Hypochondrie, welche aus der schweren Luft der britischen Nebelgegenden resultiert. Graf Ivo nun bildete sich ein, er sei – ein Vampir. Er konnte sich zwar nicht mit Gewissheit davon überzeugen, ehe er gestorben sei, aber er spürte es voraus, sobald Schnee fiel. Dann versank er in seine schwarze Melancholie.

Graf Ivo war durch diese Eigenart zur Berühmtheit geworden. Er war erst 45 Jahre alt, aber seit mehr als zehn Jahren hatte er sich von der Welt des Frohsinns und der Lustbarkeiten zurückgezogen. Seit dem frühen Tod seiner Frau kam er sich losgelöst vor von seinem früheren Selbst, wie eine Schale, der man den Kern entführte, und er war seitdem in seinem Innern ein alter Mann. Selbst in seinem Äußern war er vor der Zeit alt geworden. Er war lang und mager, mit einem eingefallenen, wachsbleichen Gesicht, in dem tiefbeschattete, verwitterte Augen wie verlöscht und versunken lagen. Einzig sein Haar war noch merkwürdig dunkel, ohne den geringsten grauen Streifen darin, und umfloss in pechschwarzen Strähnen sein Antlitz. Er besuchte selten die Stadt, seltener das Theater und noch seltener Gesellschaften – und wenn er es tat, so war er düster, schweigsam, manchmal boshaft sarkastisch, dabei aber doch sehr sittenstreng, sehr solid und sehr freigiebig. An die *Table d'hôte* unseres Hotels in Triest, wo die Kavaliere der Stadt, die zugereisten Gäste und wir Kunstvagabunden unser Wesen trieben, kam er nie, obwohl er im Hause wohnte.

Der mystische Schleier, der um den geheimnisvollen, seltsamen Kavalier wogte, hatte mir ihn so interessant gemacht, dass ich mich ihm an einem langweiligen siedend heißen Tage in den Weg warf und irgendein Gespräch mit ihm anknüpfte. Da er sehr liebenswürdig und nachsichtig war, fand er bald an meinen Plaudereien Gefallen und machte mir zu meinem Erstaunen den Antrag, den Winter mit ihm auf seinem einsamen Schlosse zu verbringen. Er hatte nämlich schon vor vielen Jahren ein Landgut in Ungarn erworben, wo er den größten Teil seiner Zeit zubrachte. Es lag nicht weit von dem Grenzstädtchen Mórháza, in welchem ein Arzt wohnte, der allein ihn während der schwarzen Melancholie behandeln konnte.

Alle Welt entsetzte sich über meinen Entschluss, den hypochondrischen Grafen tatsächlich in die ländliche Einsamkeit zu begleiten. Aber ich war als Maler eben ohne größere Aufträge, konnte Kost und Logis für die Wintermonate gut gebrauchen und hatte eine Photographie des stattlichen Schlosses gesehen, die mich hoffen ließ, in dem alten Gemäuer pittoreske Studien für meine Mappen zu sammeln.

Der Graf begab sich mit Einbruch des Herbstes nach seinem Gute; ich folgte ihm wenige Wochen darauf.

Ach, ich wusste nicht, zu was ich mich verpflichtete!

2

Die Eisenbahnuhr zeigte halb zwei, als mein Zug in den Bahnhof von Spielfeld einrollte. Der Herbstwind brüllte in den menschenleeren Perron hinein. Nur auf wenige Minuten brachte der Signalpfiff des herannahenden Zuges Leben in die Station und scheuchte die diensttuenden Beamten wie Spinnen aus ihren Ecken auf. Es gab da aber kein Drängen und Hasten, kein Stoßen und Rufen, wie man es im Sommer gewohnt sein mochte, wenn von überall her die Kurgäste ankamen, um von hier aus mit der Post weiter ins nahe Bad Gleichenberg zu fahren. Zu dieser vorgerückten Jahreszeit war ich der einzige Reisende, der den Zug in Spielfeld verließ. Ich bedurfte nicht einmal eines Gepäckträgers, denn meine gesamte Bagage belief sich auf einen einfachen Reisesack, der einige Kleidungsstücke, mein Skizzenbuch sowie meinen Aquarellkasten enthielt.

Mein Gastgeber hatte telegraphisch Extrapost für mich bestellt, und so fuhr ich bald darauf im Wagen weiter in den Herbststurm hinein, der ungarischen Ebene zu.

Wir langten in Mórháza an, da die Sonne bereits untergegangen war und nur noch ein Schimmer des Tages auf der Gegend ruhte. Das war ein altanmutender Ort. Er war in die Natur so eingezwängt, dass er sich nie erweitern, ausdehnen oder verändern konnte. Die Vorstadt war umrahmt von den auslaufenden Weinbergen der Steiermark, die Stadt selber lag wie eingeklemmt zwischen zwei breiten, hölzernen Brücken: Die eine ließ den dunkelreißenden Grenzfluss passieren, die andere wölbte sich über einem vertrockneten und versandeten, wasserlosen Bette, das früher von einem nun versiegten Nebenarme durchflutet worden war.

An Sehenswürdigkeiten hatte das Städtchen nicht mehr zu bieten als einen blechernen Rathausturm und eine altersgeknickte, groteske Stadtpfarrkirche. Am dominierendsten Berge aber herrschte ein uraltes, traumverlorenes Kloster, von dessen Türmen man an klaren Sonnentagen bis weit in die ungarische Ebene hinein und alle Heideschlösser des angrenzenden Komitats aus Grün und Grau und Braun herausleuchten sah.

Auf dem schlechtesten Pflaster der Welt kollerten wir durch die angedunkelten Straßen der Stadt. Es war mir, als sei ich schon vor vielen Jahren hier gewesen. Es gibt bei gewissen Städten oder Landschaftspunkten ein solches Gefühl, das an Seelenwanderung mahnt ...

Schon fast am anderen Ende des Orts angekommen, hielten wir vor einem Gasthof, der einen fliegenden Drachen im Schild führte. Hier hatten die nach Osten gelegenen Dörfer ihre Anfahrt, so auch der kleine Ort Málfa, wo das Schloss Ivo von Eschenheins lag. Der Wirt fragte zur Stube heraus, ob wir zu bleiben beabsichtigten. Und als er hörte, dass wir nur hielten, um die Pferde zu wechseln, verwies er uns mürrisch an den Stallbuben und schloss sein Fensterchen wieder.

Wir mussten einige Zeit warten, ehe wir an die Reihe kamen, denn obwohl der Abend mittlerweile schon fortgeschritten war und überall kleine Handlaternen wie Irrlichter durch die dunklen Gassen wankten, sah ich vor uns noch einen angeschirrten Bauernwagen an dem Wirtshause halten. Der Stallknecht stand mit der Leuchte daneben, während die Leute sich zur Abfahrt rüsteten.

»Macht fertig, Henrik!«, sprach es vom Wagen herab. »Ihr habt nun genug gealbert! György Bisztrais und György

Szabos Frau warten alle beide auf ihre Stunde; es lässt mir nicht Ruh mehr.« – Die etwas ältliche Stimme kam von einer breiten, anscheinend weiblichen Person, welche, in Tücher und Mäntel eingemummt, unbeweglich auf dem zweiten Wagenstuhle saß.

Ich hatte mich unwillkürlich ein klein wenig zum Fenster meines Wagens hinausgelehnt. Wenn man stundenlang einsam vor sich hingefahren ist, so sieht man gern einmal andre Menschen eine Szene vor sich abspielen, und der Knecht hielt die Leuchte hoch genug, dass ich alles bequem betrachten konnte.

Neben einer jugendlichen Frauengestalt, deren Wuchs sich auffallend von der gedrungenen Statur gewöhnlicher Landmädchen unterschied, stand ein junger Bauer, dessen krauses Haar unter der Tuchmütze hervorquoll; in der einen Hand hielt er Zügel und Peitsche, mit der andern hatte er die Lehne eines hölzernen Stuhles gefasst, der zum Auftritt an den Wagen gerückt war. Es lag etwas Brütendes in dem Gesichte des jungen Menschen; der breite Stirnknochen trat so weit vor, dass er die Augen fast verdeckte. »Komm, Gabriele, steig nun auf!«, sagte er, indem er nach der Hand des Mädchens haschte.

Aber sie stieß ihn zurück. »Ich brauch dich nicht!«, rief sie. »Pass du nur deine Braunen!«

»So lass doch die Narrenpossen, Gabriele!«

Auf diese mit kaum verhehlter Ungeduld gesprochenen Worte wandte sie den Kopf. Bei dem Schein der Leuchte sah ich nur den unteren Teil des Gesichtes; aber diese weichen blassen Wangen waren schwerlich jemals dem Wetter der ländlichen Saat- und Erntezeit preisgegeben gewesen. Was mir besonders auffiel, waren die weißen spitzen Zähne, die jetzt von den lächelnden Lippen bloßgelegt wurden.

Sie hatte dem jungen Menschen auf seine letzten Worte

nichts erwidert; aber nach der Haltung des Kopfes konnte ich annehmen, dass ihre Augen jetzt die Antwort gaben. Zugleich trat sie leise mit einem Fuße auf den Holzstuhl, und als er sie nun umfasste, ließ sie sich weich an seine Schulter sinken, und ich bemerkte, wie ihre Wangen eine Weile aneinander ruhten. Ich sah aber auch, wie er sie nach dem vorderen Wagensitze hinzudrängen suchte; allein sie entschlüpfte ihm und hatte sich im Augenblick auf dem zweiten Stuhl neben der dicken Frau zurechtgesetzt, die jetzt wieder ein »Mach fertig, Henrik, mach fertig!« aus ihren Tüchern herausrief.

Der junge Bauer blieb noch wie unentschlossen an dem Wagen stehen. Dann zupfte er dem Mädchen an die Kleider: »Gabriele!«, stieß er dumpf hervor, »setz dich nach vorne, Gabriele!«

»Viel Dank, Henrik!«, erwiderte sie laut, »ich sitz hier gut genug.«

Der junge Mensch riss heftiger an ihren Kleidern. »Ich fahr nicht ab, Gabriele, wenn du nicht bei mir sitzen willst!«

Jetzt bog sie sich über den Rand des Sitzes zu ihm herab; ich sah ein Paar dunkle Augen in dem blassen Antlitz blitzen, und die weißen Zähne wurden wieder sichtbar zwischen den üppigen Lippen. »Willst du dich schicken, Henrik!«, sprach sie leise, fast wie mit verheißender Zärtlichkeit, »oder sollen wir ein andermal mit János Orbok zur Stadt fahren? Er hat mich oft genug darum geplagt.«

Der junge Mann murmelte etwas, das ich nicht verstand; dann sprang er ungestüm zwischen die Pferde durch auf den vorderen Wagensitz, knallte ingrimmig mit der Peitsche und riss in die Zügel, dass die Braunen sich steil in die Höhe bäumten. Und gleich darauf, unter dem Aufschrei der beiden Frauen, rasselte das Gefährt in die Nacht hinaus, dass der Holzstuhl, vom Rade getroffen, zertrümmert auf das

Pflaster stürzte und der Stallbursche scheltend mit seiner Leuchte zurücktaumelte.

Wie ein Schattenspiel war alles vorüber; unsere Pferde wurden gewechselt, und wir fuhren weiter, in die freie Nacht hinaus.

Der Sturm machte die Mähnen der Pferde aufwogen und trieb dem Wagen eine ganze Flut von Herbstblättern nach. Der bleiche Nachtwandler Mond ging eben voll auf und wob aus unsichtbaren Traumfäden ein silbernes Zaubernetz, das er über die ganze Gegend breitete. In seinem blassen Schein lag die Heide wie ein wellenloses Steppenmeer vor mir, unabsehbar, unbegrenzt und unermesslich wie die Sehnsucht! In raschem Flug ging es an einsamen Edelhöfen, Csárden und Puszten vorbei, bis endlich ein altertümliches Schloss mitten in der Heide emportauchte. Es dämmerte durch den Flor der Entfernung wie ein zusammengekauerter, schlafender Riese, dem der Herbststurm unheimliche Träume von vergangenen, wilden Tagen in den Schlaf hineinheult. Dies versteinerte Gespenst war Schloss Málfa, der Wohnsitz des Grafen.

Ich fühlte mich gefesselt durch die Aussicht, dieses Hauses Gast zu sein, und es war mir an diesem ersten Abende, als müsse ich etwas ganz Besonderes hier erleben.

3

Schloss Málfa war alt, ohne morsch zu sein. Es war ein ab-
geschlossenes, dreistöckiges Gebäude, unregelmäßig gebaut
und sturmergraut. Ein trotziger, gigantischer Steinhaufen
mit winzigen Guckfensterchen, so dass man sich nicht vorstellen konnte, wie da jemals ein lebendiger Sonnenstrahl in
die Zimmer dringen konnte. Inmitten ragte ein niederer, di-
cker, blechbemützter Turm, welcher die Kapelle enthielt,
aus dem Gebäude auf, so dass der heilige Ort das Zentrum
des Ganzen bildete. Ein Eichenwald umgab das Schloss von
drei Seiten. Nur nach vorne hin hatte man die Aussicht auf
die unübersehbare Heide. Ganz von Weitem, durch eine
Pappelreihe sah man an sonnigen Tagen oder in Vollmond-
nächten den lichten Kirchturm des zum Schloss gehörigen
Dorfes Málfa herüberschimmern, und an windbewegten
Abenden tönten seine Glocken über die Heide herüber.

Im Schlosse war nur wenig Dienerschaft vorhanden,
denn Graf Ivo lebte hier ganz zurückgezogen. Ein Stallbursche, ein Kammerdiener, ein Stubenmädchen, dazu eine
greise, schattenhafte Haushälterin namens Petruschka, eine
Köchin, ein Gärtner und der alte Verwalter, Herr Zosimus.

Wie alt dieser Zosimus eigentlich sei, diese Frage wusste
niemand zu beantworten – weder aus präzisen Daten noch
aus dem Konglomerat von Runzeln, Triefaugen, Zahnlücken
und mit flaschengrünem Tuche behangenen Knochen, das
seine Gestalt bildete. Seine dürren Glieder klapperten und
knackten bei jedem Schritte, und seine Stimme klang wie
das Rollen von losgebröckelten Steinen im jähen Abgrund.

Es gibt in manchen Familien Raben, die sich von Kind zu Kind vererben und Generationen hindurch stets unverändert bleiben an Gefieder und Gekrächz. Wer fragt nach ihrem Alter? Schon der Großvater wusste nicht genau, wann er ins Haus gekommen sei – und niemand denkt daran, dass er jemals sterben könne. – Eine solche Rolle spielte der alte Zosimus auf dem Schloss Málfa. Er war von einem Besitzer auf den andern übergegangen und kannte jeden Winkel, jeden Stein des alten Gemäuers.

An diesen Zosimus verwies mich der Graf, als ich gleich am Morgen nach meiner Ankunft bat, das Schloss besehen zu dürfen. Denn mehr als ein bloßer Verwalter war Zosimus recht das Faktotum des Hauses zu nennen, der alle nur erdenklichen Aufgaben wahrnahm. So oblag ihm bei Bedarf auch das Amt des ›Zeigedieners‹, welcher Besucher gegen ein Trinkgeld durch den alten Bau führte. Das Schloss hatte nämlich seine alten Gemälde, Ahnenbilder der früheren Besitzerfamilie, die bis in die Zeit König Stephans zurückreichten, Rüstungen von seltsamer Form und Adjustierung aus der Tatarenzeit und – Kerker. Merkwürdige Kerker, die unter den Dielen von Festsälen angebracht waren und zu denen unversehene Türen führten, die in einer Wand des Vorhauses verschwanden, als ob sie bloße Nischen seien. Es kam daher vor, dass durchreisende Fremde die Merkwürdigkeiten des Schlosses besichtigen wollten, und der Graf erlaubte dies, solange dabei gewisse private Gemächer ausgespart blieben und er selbst dadurch nicht gestört wurde.

Durch dunkle Kammern und Korridore voranschreitend, zeigte Zosimus mir alles, was in dem unbestimmten Lichte sichtbar, überhaupt sichtbar war. Zuerst den Rittersaal mit den Rüstungen. Mit der Rüstung, die Graf Tivadar trug, der dies Schloss erbaut hatte; mit dem Helme, der dem Grafen Pál in der Schlacht bei Mohács samt dem Haupte gespalten wurde; mit dem Eisenhandschuh Graf Antals, von dem man erzählte, er habe dreizehn seiner Mätressen und sieben seiner unehelichen Kinder ermorden lassen.

Dann wurden die Porträts besichtigt, die unheimlich und undeutlich aus finsteren Bilderrahmen herabstarrten in das Halbdunkel des Ritterzimmers, das durch den rauschenden, windgepeitschten Regen, der draußen niederging, noch unheimlicher und düsterer wurde. Zosimus nannte den Namen und den Stand von jedem einzelnen, und es war seltsam, dass seine Erklärungen den Eindruck machten, als ob er von Wachsfiguren rede, und als ob die lange Reihe der Porträtierten dadurch wirklich in Wachsfiguren verwandelt würde. – Er erklärte mir noch, wie unter dem Getäfel des Rittersaales der Knotenpunkt vieler unterirdischer Gänge sei, deren Eingang man aber längst verschüttet habe, dann führte er mich durch modrige vergessene Winkel, wo alte Waffen rosteten, zur Schlosskapelle.

Die Kapelle von Málfa, die sich wie erwähnt im Zentrum des Gebäudes befand, wurde seit langem nicht mehr benützt. Sie sah aus, als wenn in ihr ein Verbrechen begangen worden sei vor dem Sanktissimum des Altars, und sie sei im Entsetzen darüber in sich selbst zusammengesunken und liege seitdem noch in Ohnmacht.

Es war schauerlich, dass über dem Hauptaltar nur noch ein großer, geschwärzter Rahmen gähnte, aus dem das Bild herausgenommen worden war. Es war, als sei der Heilige dieser Kapelle gestorben und begraben. Die hölzernen, ehemals vergoldeten Leuchter dieses Altars waren umgestürzt und mit dicken Schichten Staub bedeckt. Auf demselben waren noch zwei kleinere Rahmen aufgestellt, die golddrahtübersponnene, auf modrigem, einst grün gewesenem Damast aufgenähte Reliquienknöchelchen heiliger Märtyrer enthielten. Zwei, drei Grabplatten zwischen den Steinquadern des

Bodens waren in die Erde eingesunken, als hätten die Leichname der alten Ritter des Nachts diese Last gesprengt und seien freigeworden, um in den Gängen draußen zu spuken. Die Scheiben der hochgelegenen, staubblinden Fenster waren zum Großteil zerbrochen und ließen den wimmernden Sturm und windverwehte Herbstblätter durch, die in nassbraunen Häufchen am Boden lagen. Es war ein trostloser Anblick, als sei hier der Himmel zerstört und habe im Zerfallen den Weg zur Hölle hinab gesprengt.

Unter dem Hochaltare lag die Gruft der alten Grafenfamilie Daruváry. Zosimus öffnete eine in den Boden der Kapelle eingelassene Holztüre und führte mich über eine enge Treppe hinab in das feucht-dumpfe Grabgewölbe.

Ich betrachtete die Särge aus Kupfer, aus Stein und aus Buchenholz, welche die alten Fürsten enthielten als gelblichverdorrte Mumien.

»Hier in diesen Särgen ruhen die Herren von Daruváry«, sagte Zosimus mit leiser, gleichsam zerbröckelnder Stimme, die klang wie das Rieseln eines Sandhaufens. »Sämtliche Särge sind fest verkittet, weil« – hier dämpfte er die Stimme noch mehr – »weil es von alters her heißt, die Grafen von Daruváry sterben nur halb ... Und damit man nun verhindere, dass sie wieder aufstehen, wurden die Särge so fest verkittet. Aber man behauptet doch und dennoch, dass an manchen Tagen die toten Herren ... nicht zu Hause seien.«

»Nicht zu Hause ...!«, wiederholte ich.

Zosimus schaute mich mit seinen kleinen, wasserfarbenen Augen starr an und – nickte. Diese Augen hatten die Eigenschaft, dass sie dem Beschauten einen kalten Schauer über den Rücken laufen ließen. Es gab Leute in Málfa, die versicherten, Zosimus sei von Kindheit auf so missäugig gewesen; andere Leute wiederum behaupteten, er habe durch den Trunk so glasartige Augen erhalten. Noch andere versicherten, dieser unheimliche lichtgraue Blick rühre davon her, dass er schon so viele Gespenster gesehen habe; und so wie die Gespenster die Wangen erbleichen ließen, so täten sie es auch mit den Pupillen.

Der Alte ließ nun seinen Blick an den Wänden herumlaufen, als ob er nach Spinnweben forschte, dann trat er ganz nahe an mich heran und flüsterte: »Vampire!«

4

Wie wir wieder aus der Kapelle traten und Zosimus mich zurück in meine Zimmer führen wollte, fiel mir am Absatz einer geschwungenen Treppe ein Paar hohe Türen auf, die durch alte, eingestaubte Gerichtssiegel verschlossen waren. Ich erkundigte mich, was es für eine Bewandtnis damit habe. Zosimus antwortete im selben Flüsterton wie vorhin: »Gräfin Mircalla bewohnte diese Gemächer.«

»Gräfin Mircalla?«, fragte ich, »war dies Graf Ivos verblichene Gemahlin?«

Der Alte sah mich groß und zweifelhaft an, dann antwortete er, beinahe noch heimlicher als zuvor: »Sie ... Sie wissen nichts von dem Fluch?«

Ehe ich etwas erwidern konnte, hatte er mich schon am Ärmel ergriffen und zog mich in dem lichtlosen Korridor weiter. Erst als wir ein gutes Stück von den versiegelten Türen entfernt waren, begann er noch im Gehen zu erzählen:

»Gräfin Mircalla war die Letzte des Hauptstammes aus dem Geschlecht der Daruváry. Sie war blass und hatte finstere Augen. Aber sie war gut und schön und unermesslich reich. Sie sollte einen Vetter aus der jüngeren, verarmten Linie ihrer Familie heiraten. Er hieß Dimitrije von Daruváry und war ein wilder, lebenssündiger Mensch. Mircalla liebte ihn. Sie wollte ihm ihre Hand geben, ihr Leben und ihren Reichtum, weil sie ihm ihr Herz gegeben hatte. Er wollte sie aber nur heiraten um ihres Geldes willen, denn er liebte das Leben, die Frauen und den Wein über alles.«

Der alte Zosimus schwieg einen Augenblick, wie um seinen Atem zu sammeln. Der Wind, der von der Heide hereinzog, ließ den Regen klirrend gegen die kleinen Fenster des Korridors prasseln.

»Ehe aber die Vermählung war, verliebte sich Dimitrije in ein junges, schönes, böses Geschöpf, das auch hier im Schlosse war, ein Dienstmädchen namens Teodosija.

›Schau!‹, sagte die ihm eines Tages: ›Weshalb nimmst du *mich* nicht zum Weibe?‹

›Weil ich arm bin‹, sagte Dimitrije von Daruváry.

›Du kannst aber auf zwei Arten das Vermögen deines Namens bekommen‹, sagte Teodosija wieder. ›Entweder indem du die blasse Mircalla *heiratest* oder wenn sie *stirbt*. Du bist dann der nächste Erbe.‹

Und Mircalla von Daruváry starb. Dimitrije und Teodosija hatten ihr miteinander ein Gift bereitet aus gestoßenen Diamanten, welches man das Königsgift nennt. Es tötet nicht wie der Blitz, es zehrt und zehrt und zehrt. Dimitrije selber reichte es seiner blassen Braut; die wusste es und trank es mit diesem Wissen, denn sie war müde zum Sterben, da sie wusste, dass *er* sie nicht möge.

Aber so grausam das Gift an ihr fraß, den Hass und den Zorn und die Rache vermochte es nicht aus ihrem Herzen zu zehren. Und als es zum Sterben kam, da ließ sie den Bräutigam an ihr Bett rufen und sagte mit ruhiger Stimme zu ihm: ›Ich werde sterben. Ich werde bald sterben.‹

Ihr Blick war kalt wie ein Mondstrahl, der auf Eis fällt. – ›Ich werde sterben. Du bist schuld an meinem Tode. Und ich werde mich rächen. Ich verfluche dich und alle, die du liebst. Du weißt, dass die Glieder unsres Geschlechts nur halb sterben, wenn sie mit Hass oder Liebe im Herzen in den Tod gehen, und sie nehmen sich ihren Geliebten oder ihren Feind mit ins Grab. Lache, lache, aber ich sage dir, es ist keine Lebendige mehr, die mit dir spricht. Der Tod sitzt in meiner Brust und brennt langsam bis zu meinem Herzen hinab. Bei den Tränen, die ich um dich vergossen, bei der Liebe, die dein Verrat in meinem Herzen in glühenden, nimmer ruhenden Hass verwandelt hat, verfluche ich dich und die Deinen, verfluche ich dieses Haus mit allen, die es je besitzen – und ich will selber über diesen Fluch wachen! Leb wohl, wir sehn uns wieder!‹

Kaum, dass sie tot war, ließ Dimitrije die Türen zu ihren Gemächern versperren, amtlich versiegeln und von einem Priester mit Weihwasser besprengen. So hoffte er, ihr Gespenst, sofern es auftauchen sollte, in ihre Gemächer zu bannen. Die Siegel, verfügte er, sollen an den Türen bleiben und kleben bis – na, bis an das Ende aller Tage – will's Gott!«

Das Gekrächze eines vorbeifliegenden Raben erklang vor den Fenstern wie zur Bestätigung dieser Worte. Der Wind heulte immer noch zornig über das Land. Er zauste an den Eichbäumen um das Schloss, als wolle er sie umreißen, und jagte in schwefelig durchschimmerten Wolkengestalten über den Himmel. War das nicht ein verdächtiges Wetter, als ob tausend Gespenster umhertosten und um Rache riefen?

»Um ganz Nummer sicher zu gehen«, fuhr der Alte nun fort, »wollte Dimitrije Mircallas Leichnam in ein weit entferntes Kloster überführen lassen, denn selbst Vampire haben nach dem Tode nur dort Macht, wo ihr Körper ruht. Der Wagen war bereit. Der alte Stanto, ein Diener, sollte ihn begleiten. Dieser stand aber in stillem Einverständnis mit Mircallas getreuer Kammerfrau. Gemeinsam bestatteten sie ihre Herrin, deren letztem Willen gemäß, an einem geheimen Ort hier im Schlosse. Der Sarg, der ins Kloster abgeschickt wurde, kam leer dort an. – Und seitdem ruht der Fluch auf diesem Hause … Aber Sie glauben wohl an keine Gespenster? Natürlich nicht.«

»Ich habe wenigstens noch nie eins gesehen«, sagte ich.

»Nun, gerade *gesehen* habe ich auch noch keins«, fuhr Zosimus unbeirrt mit erhöhter Stimme fort. »Aber einst, als ich mich im Raum direkt darunter befand, hörte ich einen markerschütternden Schrei aus den Sälen, vor denen die Siegel liegen. Und die Ampel an der Zimmerdecke schwankte dabei unter den Tritten der Unheimlichen, die ruhelos droben wanderte.«

5

Nicht weit von Schloss Málfa liegt das pappelumsäumte Dorf gleichen Namens, mit seiner kleinen Kirche und seinen sturmzerwühlten Strohhütten und Lehmhäusern. Noch an demselben Tag, an dem ich das Schloss besichtigt hatte, begab ich mich in den Ort, um auch die Merkwürdigkeiten des Kirchleins zu sehen.

Der Regen hatte aufgehört, aber die Tropfen hingen noch an den Pappelbäumen, die schon ihre Blätter verstreut hatten, um einen dichten gelben, roten, braunen Teppich zu bilden auf dem tauweichen lehmigen Erdboden. Um die Kirche herum war der Friedhof des Ortes, und die Bäume rasselten mit den entlaubten Ästen über Gräbern, die mit dürren Blätterhaufen förmlich übersäet waren.

Der Küster führte mich in die kleine, feucht-dumpfige Kirche. Sie war in so einfachem Stile erbaut, dass man von einem Stile im eigentlichen Sinn gar nicht sprechen konnte. In ihrem Innern befanden sich bloß einige Madonnen mit schwarzen Gesichtern auf mattem, verräuchertem Goldgrunde, Kopien der Wunderbilder von Tschenstochau und Mariazell, einige Altäre von Holz, deren Vergoldung längst zu rotem Schmutze geworden war, und einige kleine, bleigefesselte Scheiben in den winzigen Fenstern, deren buntes Glas einen Jahrzehnte alten Karfreitagsschleier von Staub und Schmutz trug.

Schon im Hinausgehen begriffen, fiel mir im finsteren Winkel hinter der Tür noch ein kleines, angedunkeltes Ölbildnis auf. Ein Heiligenbild, dachte ich, auch wenn dem blassen Frauengesicht, das es zeigte, der zu erwartende Heiligenschein fehlte. Doch wie ich meinen Blick auf den scharfen Zügen der Dargestellten ruhen ließ, da schaute sie mit ihren schwarzen Augen so unheimlich von der Kirchenwand auf mich herab, dass mich ein fremdartiger Schauer ergriff und bis ins Herz hinein erzittern machte.

»Dieses Bild hier«, sagte der Küster, der mein Befremden bemerkte, »stellt die Gräfin Mircalla von Daruváry vor.«

Während auch er die mir nun bereits bekannte Lebensgeschichte jener Unglücklichen herunterbetete, betrachtete ich das Bildnis genauer. Es war ein beinahe männliches, Byron'sches Gesicht ins Byzantinische übersetzt, über dessen Stirn sich eine schwarze Locke herabringelte. Die Augen, die mir erst so lebendig erschienen waren, lagen tot in den Höhlen. Überhaupt konnte ich mir den Schrecken, den es in mir ausgelöst hatte, nicht mehr erklären. Es war die plumpe Arbeit irgendeines Dorfmalers und mochte wohl auch gar keine allzu große Porträtähnlichkeit mit der geheimnisvollen Gräfin besitzen.

Vom Küster erfuhr ich noch, dass das kleine, unansehnliche Bildnis einem wesentlich größeren, schön gemalten Ölbild im Schlosse nachempfunden sei. Das Original befinde sich wohl auch jetzt noch im Schloss, sei aber Besuchern nicht zugänglich, denn es hinge in den Räumen, die Graf Ivos verstorbene Gattin bewohnt hatte. Die Kopie hingegen habe schon Dimitrije von Daruváry zur Sühne in die Kirche gestiftet – vergeblich; binnen Jahr und Tag nach Mircallas Tod ruhten auch er und seine neue Braut Teodosija im Grabe.

Ich gab dem Küster ein Trinkgeld und machte mich auf den Heimweg. Der Himmel war dunkelgrau und wie geschwollen. Vor meinem raschen Schritt flatterten verspätete Drosseln, Angstschreie ausstoßend, durch das Gebüsch.

Zwischen Hasel- und Eichenbusch drängte sich hie und da ein Spillbaum hervor, an dessen dünnen Zweigen noch die roten zierlichen Pfaffenkäppchen schwebten.

Sobald ich das Dorf hinter mir ließ, erblickte ich weit und breit nichts mehr als Felder und wacholderbebüschte Hutweiden. Nach allen Richtungen zog sich die düstere Steppe braun, dürr und öde hinaus. Nur von mir geradeaus ragte der ums Schloss gelegene Eichenwald ins kahle Flachland hinein. Mitunter aus der Luft herab kam der melancholische Schrei des großen Regenpfeifers, der einsam darüber hinflog. Das war alles, was man sah und hörte.

Mir kam in den Sinn, was ich einst über die Steppen an der unteren Donau gelesen hatte. Dort aus den Heiden erhebt sich in der Dämmerung ein Ding, das einem weißen Faden gleicht und das sie dort den »weißen Alp« nennen. Es wandert gegen die Dörfer, es stiehlt sich in die Häuser, und wenn die Nacht gekommen ist, legt es sich an den offenen Mund der Schlafenden; dann schwillt und wächst der anfänglich dünne Faden zu einer schwerfälligen Ungestalt. Am Morgen darauf ist alles verschwunden; aber der Schläfer, der dann die Augen auftut, ist über Nacht blödsinnig geworden; der weiße Alp hat ihm die Seele ausgetrunken. Er bekommt sie nimmer wieder; weit auf die Heide hinaus hat das Unwesen sie verschleppt.

Nicht der weiße Alp war hier zu Hause; aber zu anderen, nicht minder unheimlichen Dingen verdichtete sich auch das dunkle Geginster der Steppe um Málfa, denen manche, besonders der älteren Dorfbewohner, nachts und im Zwielicht wollten begegnet sein.

Man sagt, Dämonen liegen hier in der Heide begraben. Auf der schwarzen Ebene um Schloss Málfa herum starren zehn, fünfzehn uralte Grabhügel gegen den Himmel. Alles Lebendige, das in diese feindlich arme Gegend gerät, verliert

Hoffnung und Mut. Wilde Pflanzen wuchern auf der Heide empor, und durch das dichte Unkraut rauschen nur die Hufe von wilden Pferden. So einsam ist die Landschaft mit der schwarzen Erde; es ist eine geheimnisvolle Steppe, eine furchtbare Wüste, und der Himmel darüber immer stahlgrau und schneeschwer oder glutendunkel wie ein Kohlenmeiler.

Dämonen ruhen hier zwischen einem dunklen Himmel und einer dunklen Erde.

Das größte Dämonengrab aber ist Schloss Málfa selbst, mit seiner Gruft und seinen Vampiren. An dies alte, wunderliche Gebäude knüpfte der Volksaberglaube so manche Sage - so manche Spukgeschichte. Selbst an den hellsten Sonnentagen war es ein trübes, unheildräuendes Bauwerk. Um wie viel mehr erst war es dies an lichtlosen, düsteren Herbstnebeltagen!

LAURA VON ESCHENHEIN

6

Meine Kindheit war einsam, so sorgfältig sie behütet war. Wie in einem unverstandenen, dunklen Märchen wuchs ich auf in dem alten, eichenumrauschten Schloss Málfa, in der Nähe der greisen Petruschka, die mich mit Geistergeschichten großzog. Selten sah ich in das Auge meines Vaters, der sich ganz auf die Ökonomie geworfen hatte, sich oft stundenlang mit dem Verwalter beriet, ausgiebige Rundgänge seines Besitztums vornahm oder auf die Jagd nach wilden Enten und Schnepfen ausging. Die Liebe und die sanfte Nähe einer Mutter habe ich nie gefühlt, denn die Gräfin von Eschenhein hatte nur ein Herz für Gott und ihre Angst vor dem Tode – kein Herz für ihr Kind. Alles, was ich lieben mochte, musste ich sinnend in den ziehenden Wolken suchen. Die Wände des Schlosses aber warfen meine Lieder dumpf zurück wie Trauertöne; wenn ich lachen wollte, erstarrte der Jubel meines kleinen Herzens unter den ernsten Gesichtern, die unheimlich und undeutlich aus finsteren Bilderrahmen auf mich herabstarrten.

Meine Eltern hatten das einsame Schloss Málfa erworben, da ich vielleicht sechs oder sieben Jahre alt war. Es ist ein rankenübergrüntes, altertümliches Gebäude mit schmalen Fenstern, Türmen und einer gotischen Kapelle. Als ich es zum ersten Male erblickte, würde es mich nicht im Entferntesten befremdet haben, wenn dort aus einem der spitzbogigen Fenster Frau Holle genickt und mich aufgefordert hätte, ihr Federbett aufzuschütteln und ihre Säle zu fegen.

Im Innern des Schlosses gleicht kein Zimmer dem anderen. Man geht über unvermutete Stiegen und Stufen hinab und hinauf; unzählige Korridore ziehen sich wie Adern hindurch. Von dieser merkwürdigen Eigenheit konnte ich mich durch einen Zufall schon am Tag meiner Ankunft nachhaltig überzeugen.

In der offenen Halle des Erdgeschosses hatten die Träger unser Gepäck niedergelegt; dann führte die alte Petruschka mich und mein Kindermädchen, Mademoiselle Perrodon, eine Treppe hinauf. Petruschka diente seit Menschengedenken im Schloss. Sie zeichnete sich durch eine eigentümliche nationale Tracht und durch die Eigenschaft aus, dass sie Tabak aus Tonpfeifen rauchte.

Auf dem Weg in mein Zimmer kamen wir im zweiten Stock an hohen Türen vorüber, die seltsamerweise mit handgroßen, verstaubten Gerichtssiegeln beklebt waren – breite, weiße Papierstreifen legten sich über den Schluss der Torflügel wie ein Schweigen gebietender Finger auf ein Paar Lippen ... Als wir daran vorbei waren, mussten wir über eine andere Treppe wieder ein Stockwerk hinabgehen; erst dann erreichten wir die Räume, welche mein Vater mir zugewiesen, nachdem er das Schloss vor dem Kauf inspiziert hatte.

Petruschka öffnete uns die Tür, und ich trat vom Kindermädchen begleitet ein, während sie sich mit einer freundlichen Verbeugung zurückzog und die Tür hinter uns geräuschlos wieder schloss. Neben dem eigentlichen Zimmer lag das Schlafkabinett; es bildete die südwestliche Ecke des Gebäudes und hatte zwei Fenster, an denen schwere, wenn auch etwas verblichene, gelbe Damastgardinen hingen. Es enthielt ein Bett mit gelbseidener Steppdecke und schwellenden, eben in frischduftendes Leinen gesteckten Polstern, einen kleinen Toilettentisch, und an der tiefen Wand stand ein schmaler, auf Schnörkelfüßen ruhender und mit farbigen Hölzern ausgelegter Schrank.

»Das Bettzeug ist unnütz«, sagte Mademoiselle Perrodon. »Federbetten haben wir selber, und was für welche!« Sie räumte die feinen Polster aus der Bettstelle, wobei sie mit verächtlicher Miene die leichten Dunen auf ihren Händen wog. »Aber ist das nicht ein Ungeschick!«, rief sie plötzlich und übersah mit in die Seite gestemmten Armen das kleine Zimmer. »So wie das Bett steht, liegst du zur Hälfte unter dem zugigen Fenster, und da an der schönen, geschützten Wand steht der einfältige Schrank. Fass ein wenig an, Kind – der muss fort!«

Ich stemmte mich mit meinem kleinen Körper gegen den Schrank, Mademoiselle Perrodon schob kräftig an, und es gelang uns tatsächlich, das nicht allzu schwere Möbel auf die Seite zu rücken. Die Mademoiselle schlug die Hände über dem Kopf zusammen. »Dass Gott erbarm, Seide an den Fenstern, aber hinter den Schränken fingerdicke Spinnweben und ein Staub, dass man nicht durchsehen kann – das ist mir die rechte Wirtschaft!«

Außer den altersschwarzen Staubzotteln und dem nach allen Seiten hin flüchtenden Spinnengeschlecht war aber auch noch eine kleine, kaum wahrnehmbare Tapetentür zum Vorschein gekommen. Mademoiselle Perrodon öffnete sie ohne weiteres; in einem sehr engen Raum lief eine kaum zwei Fuß breite, steile Treppe in das obere Stockwerk empor.

»Hat also seine Gründe, dass der Schrank da steht«, sagte sie, indem sie die Tür wieder schloss. »Er muss wieder an seinen Ort!«

Zuerst aber wollte sie noch rasch den Staub und die Spinnweben entfernen. Sie ging hinaus, um irgendwo Besen und Kehrichtschaufel zu suchen.

Leise öffnete ich die kleine Tür wieder ... Wer wohnte da oben? ... Es war durchaus nicht mein Wille, neugierig zu sein oder wohl gar zu lauschen, – das konnte ja Mademoiselle

Perrodon »für den Tod nicht leiden«. Aber ehe ich mich dessen selbst versah, standen meine eigenmächtigen Füße auf der untersten Stufe; ich reckte den Kopf nach Kräften aufwärts, trat auf die äußersten Zehenspitzen und sah und horchte gespannt in das Dunkel hinein, das den engen Raum füllte. Kein Laut drang von oben her ... Ach, wie es mir in den Füßen zuckte, weiter zu schlüpfen! Die Mademoiselle würde sich schön gewundert haben – ich war wirklich wissbegierig wie eine Elster ... Dunkel war's freilich um mich her, und vor Gespenstern fürchtete ich mich auch: aber hinter mir drang ja das fröhliche Tageslicht herein, und so stieg ich Stufe um Stufe hinauf ... Plötzlich rauschte rechts, in gleicher Höhe mit meinen Augen, ein matter Lichtstreifen auf, eine Spalte zwischen der Schwelle und einer Tür, die mit der drunten entdeckten korrespondierte ... Lautlos, wie ich meinte, öffnete ich diese – o weh, es entstand ein abscheulicher Spektakel, ein starkes Knistern und Rieseln, und die Unglückstür knarrte, als sei sie seit Jahrzehnten nicht eingeölt worden! Meine Hand fuhr vom Drücker nieder, und im jähen Zusammenfahren wäre ich um ein Haar in die Treppe hineingefallen. Die Tür fiel langsam in das Zimmer zurück – es war niemand drin – ein schwarzseidener Frauenmantel hatte zum Teil über der Türfuge gehangen und das Rauschen verursacht.

Mir war, als flösse das Morgenrot über die Wände – sie waren mit rosenroten Gazefalten überzogen. Rosenbouquets lagen verstreut, wohin das Auge sah, auf dem weichen, graugrundigen Fußteppich, den lehnenlosen, bestickten Stühlen und auf den niedergelassenen Rouleaus – es waren freilich nur noch Rosengespenster, die Sonne hatte sie völlig ausgesogen. In der Nähe des einen Fensters stand ein Ankleidetisch voll Silbergerät, außer ihm und den Stühlen waren keine Möbel da ...

Ich trat behutsam ein ... Puh, da war auch seit langem nicht gefegt worden! »Schöne Wirtschaft das!«, würde Mademoiselle Perrodon wieder gesagt haben ... Ein Flügel der Tür zu meiner Linken war zurückgeschlagen, und mein Blick fiel auf ein Bett unter einem dunkelvioletten Baldachin ... Stille, tiefe, geisterhafte Stille herrschte in dem verdunkelten Zimmer; hier hingen nicht nur die Rouleaus, sondern auch die zugezogenen Gardinen vor den Fenstern, und alles sah so unbenutzt aus ... Seltsam, wer mochte hier wohnen? ... Einen Augenblick schlug mir doch mein im Ganzen noch sehr ungeschultes Gewissen - meine kleine, naseweise Person gehörte nicht hierher ... Ach was! Ich nahm ja den Leuten nicht eine Stecknadel von ihren Herrlichkeiten, ich rührte sie mit keiner Fingerspitze an, und zum Überfluss - damit ja kein Wollhärchen in den Teppichen niedergeknickt werde - schlüpfte ich aus meinen Schuhen und ging in Strümpfen.

Es war wonnig, in dieses wildfremde Hauswesen voll nie gesehener Pracht verstohlen zu gucken! ... Ich war richtig bei Frau Holle, in ihrem Schlösschen voll Samt und Seide und Gold und Silber. Staub genug gab es auszufegen, und Betten zum Aufschütteln waren auch da ... Ich ging mutterseelenallein durch ihre Zimmer und Säle - mutterseelenallein! Wenn eine der riesigen Spinnweben in den Ecken zu Boden gefallen wäre, ich hätte es hören können. Aber ich fürchtete mich nicht, nicht im Geringsten! Und wenn sie nun wirklich im nächsten Zimmer saß, die Frau Holle in hoher Dormeuse mit langen Zähnen und wackelndem Kopfe - keck wäre ich auf sie zugeschritten und hätte ihr meinen Knicks gemacht, dazu brauchte es doch wahrhaftig keinen übermäßigen Mut - nein, dazu nicht, aber - ich schrie plötzlich auf, dass es gellend von den Wänden zurückkam, und schlug die Hände vor das Gesicht; ich hatte die Tür aufgestoßen. Ich war nicht allein, aber auch Frau Holle saß nicht drin – ein kleines finsteres Wesen trat mir aus der gegenüberliegenden Türe entgegen.

Förmlich zur Salzsäule erstarrt, stand ich da; allein es, es war nicht die Angst, es war hauptsächlich die Scham, die mir Hände und Füße fesselte; die Räume waren nicht unbewohnt. Wie sollte ich mich entschuldigen der Fremden gegenüber, die jetzt sicher ungesäumt auf mich zukam? Ich erwartete sie unter heftigem Herzklopfen; ich meinte, jetzt müsse sie mir die Hände vom Gesicht nehmen und mich zur Rede stellen; allein es blieb totenstill, keine Sohle huschte über die Dielen, und die Tür drüben wurde auch nicht wieder zugemacht. – Mit einem entschlossenen Ruck machte ich der verzweifelten Situation ein Ende, ich sah auf. Die Gestalt stand noch immer drüben auf der Schwelle und ließ ein Paar bleicher Hände langsam vom Gesicht niedersinken, dann warf sie ein wildes Haargewoge in den Nacken zurück – ei, das tat ich ja eben auch! ... Jetzt lachte ich, lachte aus vollem Halse ... Das Zimmer hatte lauter Spiegelwände; bis hinauf zur Decke lief das Glas – ich selber war das Scheusälchen da drüben! Das musste ich mir näher ansehen. Ich schüttelte meine Locken, ich lachte wie närrisch und trat in den Saal, der sich vor mir auftat.

Es war ein Prunksaal voll goldener Ornamente und vielgestaltiger Schnörkel, aber er wurde offenbar lange schon nicht mehr benutzt. An der gegenüberliegenden Wand befanden sich zwei ungeheure, dicht nebeneinander gestellte Türen. Ich griff nach dem Drücker, doch sie waren versperrt. Mit zaghaftem Finger bewegte ich stattdessen den Schieber am Schlüsselloch und ließ einen scheuen Blick durch dasselbe huschen – draußen lief die geschwungene Treppe empor, die ich heute in Begleitung Petruschkas und Mademoiselle Perrodons hinaufgestiegen war ...

Ah – ich stand hinter den Türen, welche die großen Siegel auf ihrer Fläche trugen!

Eine ängstliche Scheu überkam mich ... War mein Verweilen hier nicht ganz genau so, als dränge ich unbefugt in ein fremdes Geheimnis, als hätte ich die Siegel draußen auf der Tür erbrochen? Doch die Gewissensbisse währten nicht lange – ich fand es im Gegenteil erst recht schauerlich süß, dass die Siegel auf den Türen klebten und dass kein lebendes Wesen, vielleicht eine naseweise Fliege ausgenommen, die durch irgendein Schlüsselloch geschlüpft war, hier umherhuschen konnte, nur ich, ich allein! Ich ließ meine neugierigen Augen erst recht über alles hinschweifen, was doch kein fremder Blick berühren sollte; schob sogar die aus blauer Seide gearbeiteten Draperien an einem der Fenster ein wenig zurück, um hinaus ins Freie zu sehen. – Himmel, da draußen trat eben Mademoiselle Perrodon mit raschen kräftigen Schritten aus einem Nebengebäude heraus und schulterte einen langen Stielbesen! Ich ließ die Gardine fahren, rannte wie besessen durch die Zimmer zurück, fuhr in meine Schuhe und schlüpfte die Treppe hinab. Ich hatte gerade die Tapetentür geschlossen und mich möglichst harmlos auf einen Stuhl geworfen, als Mademoiselle Perrodon eintrat.

»Hab' doch gar lange die Kreuz und die Quer laufen müssen um den Besen da!«, sagte sie. »Der alte Bau hier ist ja rein wie verzaubert – verschlossene Türen, wo man nur hinguckt, und nirgends eine Menschenseele!«

Sie kehrte sorgsam jedes Staubwölkchen von der Tür und schob den Schrank an seine alte Stelle. Dann ging sie wieder, die ungeheuren Federbetten zu holen, die wir mitgebracht hatten.

7

Schloss Málfa hatte über Jahrhunderte einer nun ausgestorbenen Grafenfamilie namens Daruváry gehört, und alte Bilder, Glieder dieser Familie vorstellend, hingen vergessen und verstreut in den Gängen und Zimmern umher. Und die sahen so seltsam unheimlich aus, dass meine Mutter nicht zugeben wollte, dass man sie entferne; es war ihr, als geschähe dadurch den steifen, gemalten, dunklen Gestalten ein Unrecht und störe sie auf. Und es kam zum ersten Mal in ihrem Leben etwas wie Gespensterfurcht über sie.

Namentlich *ein* Bild ihres Zimmers berührte sie wie ein auf ihr ruhender Blick. Es stellte eine schöne hagere Frau mit kurzem Haare vor, wovon eine schwarze Locke wie ein Schlänglein sich bis an ihre Nasenwurzel herabringelte. Sie hatte lange, große, schwarzoffene Augen, einen dünnen Hals, und magere Schultern zeichneten sich durch den ziegelroten, türkisch-verbrämten Anzug scharf ab. Wenn man den dicken, schwarzen Kreppschleier, der wie ein Vorhang neben dem Bilde herabhing, über dasselbe zog, so leuchteten doch die Augen wie bei der Öffnung einer Larve durch. Es war das Bild Mircallas von Daruváry, von dem viele Sagen gingen. Man hieß es im Hause *das lebendige Bild*. Worin eigentlich das Unheimliches desselben bestand, konnte man nicht in Worte fassen: Es *lebte* einfach. Es wehte wie ein kalter Hauch daraus hervor, wenn man vorüberging.

Unter dem Gemälde befand sich eine edelsteinbesetzte Rokoko-Etagère, auf der die unzusammenhängendsten Nippes aufgehäuft waren: uralte Fächer, Miniaturbilder, Elfenbeinporträts, vergilbte Gebetbücher, abgeschnittene Haarflechten, welke Myrthen, griechische Kameen, Kerzenstücke, Wachslichter und ein georgischer Dolch in verschossener, roter Samtscheide. Man sagte, das seien Opfergaben, die erschreckte Gemüter zu Füßen des Bildes niedergelegt hatten, um die unheimliche Macht desselben zu versöhnen.

»Ich werde es dir aus dem Zimmer schaffen lassen«, hatte mein Vater gesagt, als wir das Schloss eben bezogen hatten.

»Nein«, hatte meine Mutter zögernd geantwortet, »nein, Ivo, das wäre nicht rechtens.«

Und noch an dem Abende unsrer Ankunft, als in dem dunkeltonigen Zimmer zum ersten Male der nächtliche Heidewind an ihr Ohr tönte, legte sie ein kleines Mariazeller-Spitzenbild zu den anderen Opfergaben auf die Rokoko-Etagère.

Der Eichensturm draußen brauste wie eine Orgel – wie er jahrhundertelang brauste, schon damals, als Mircalla von Daruváry noch gelebt und auf ihn gelauscht hatte.

Wirklich glich auf Schloss Málfa ein Tag dem andern, und alle waren eingerahmt von der gleichen weiten Landschaft. Es lag eine Monotonie über dem Ort, eine Monotonie, wie sie im Paradiese geherrscht haben mochte, wo alle Löwen und Tiger zu Füßen des gottähnlichen Menschen spielten. Aber es war eine Monotonie.

Lange Nachmittagsstunden hindurch lebte meine Mutter in ihren Zimmern, betend, lesend, scheinbar heiter an Blumenstöcken tändelnd – alles, nur um nicht zu dem Bewusstsein ihrer Lage zu erwachen. Denn in Wahrheit lebte sie sie ein dunkelwogendes, verlöschtes Leben; ein abgesondertes Dasein, fern von den Leiden und Freuden der anderen Menschen. Sie war wie tot schon im Leben, aber sie entsetzte sich doch vor dem unbekannten Leben im Tode!

Kein Gedanke war ihr schrecklicher als der des eigenen

vorzeitigen Todes. Zur Abendzeit, wenn draußen der Wind durch das Geäste der Eichbäume zog, kam es oft wie eine Verzweiflung über sie. Dann sank sie auf den gotischen Betstuhl, der neben dem Bette stand, und schlug das dicke Brevier auf, welches stets darauf lag. Ihre Hand fuhr dann betend die Zeilen auf den Bücherblättern entlang, und ein weißer, beinerner Rosenkranz war wie das Gespenst eines Armbands um ihr schmales Gelenk geschlungen. Den darauffolgenden Morgen aber ließ sie mit der Zuverlässigkeit eines Uhrwerkes anspannen und fuhr nach Mórháza ins Kloster, um die Fürbitte der Gottesmutter für sich zu erflehen – und um ein gewisses heimliches Elixier zu erwerben.

Einmal nahm sie mich mit zu dieser seltsamen Wallfahrt. In einem langen, schwarzen Seidenkleide, einem grauen Shawl und einem dunklen, schleierumwehten Hute ging sie durch die Straßen, immer dem Kloster zu, das über der Stadt thronte. Ohne jemanden zu beachten, ohne sich selbst darum zu bekümmern, ob ich ihr auch nachfolgte, stieg sie die bergige, gepflasterte Straße hinauf, durch fingerbreite, himmelhohe Gässchen mit schwarzen Mauern und schwarzen Fensterhöhlen. Endlich standen wir vor der alten Kirche.

Steinerne Gruftbüsten aus den Katakomben, nasenlose Heilige mit ihren Märtyrerpalmen darstellend, rahmten die Türe ein. Neben der Türe deuteten verfallene, vergitterte Maulwurfsöffnungen in die ehemaligen Katakomben selber hinab. Die Kirche war noch geschlossen. Aber an der Türe erwartete uns ein Mönch. Ein Mönch aus dem Kloster, der im Rufe stand, ein Arzt, ein Weiser, ein Zauberer und ein Heiliger zu sein, und der meiner Mutter ein Lebenselixier versprochen hatte – ein Elixier, welches das Menschenleben bis auf 100 Jahre verlängern könne – durch Gottes Gnade.

Der Mönch, in der schmutzigfetten, braunen Kutte, mit dem struppigen, moosartigen Barte, begrüßte uns mit einem frommen Spruche, und meine Mutter verneigte sich vor ihm wie vor einem in Wolken gemalten Heiligen.

Er führte uns darauf den gepflasterten, einsamen Platz entlang bis zu einer niedrigen Brüstung, von der man auf die belebte Stadt hinuntersehen konnten. Von den Plätzen und Straßen drang ein lautes, frohes Summen bis in diese Einsamkeit herauf. Meine Mutter sprach, auf der Steinbrüstung sitzend, mit gefalteten Händen zu dem schmutzstarrenden Mönche: »Und man stirbt nicht, wenn man täglich zehn Tropfen dieser Flüssigkeit nimmt, ehrwürdiger Vater?«

»Man stirbt, meine Tochter – aber erst, nachdem man Menschenalter überlebt hat – mit Gottes Hilfe. Der braune Trank, den ich Euch gegeben, rückt die Todesstunde der schwachen Natur in unberechenbare Ferne.«

»O, ich werde leben! Ich will leben, lange, ich will alle überleben, alle!«, flüsterte meine Mutter mit dem starren Blick des Aberglaubens.

»Aber Ihr werdet dafür nicht vergessen, der Schutzheiligen unseres Klosters ein neues, seidenes Gewand zu spenden, meine Tochter?«, fragte der Mönch, und sein Blick schwamm feucht im weiten Himmel über der Stadt …

Meine Mutter hielt ihr Wort; die Heilige bekam das versprochene Seidengewand. Die Wirkung des Elixiers aber blieb aus.

Schon seit unserer Ankunft auf Málfa war meine Mutter oft kränklich. Und ihr blasses Antlitz und die müde Hoffnungslosigkeit, die aus ihrem Auge sprach, verriet dies aller Welt. Nur mein Vater wollte es lange nicht wahrhaben. – »Mon Dieu, est-ce que vous serez indisposée?«, fragte eines Tages Mademoiselle Perrodon, »sind Sie etwa nicht wohl? Sie sehen ganz danach aus!«

Und meine Mutter antwortete darauf: »Ja, ich bin nicht ganz wohl. Die hiesige Luft schadet mir … glaube ich.«

41

Mein Vater schaute besorgt von seiner Zeitung auf und blies den Rauch seiner Zigarre fort. »Ach, nein! Nein, glaube das nicht! Die Heideluft ist gesund!« Und damit war die Sache für ihn abgetan.

Doch als sich immer öfter hitzige Fieberanfälle bei ihr einstellten, gegen die selbst Petruschkas geheimnisvolle Kräuterumschläge nichts zu bewirken vermochten, musste auch mein Vater einsehen, dass meine Mutter der Hilfe eines Arztes bedurfte.

So wurde ein Doktor aus Mórháza gerufen, er war bleich und alt. Wie gut erinnere ich mich an sein langes, finsteres Gesicht, vor dem mir stets heimlich graute. Eine ganze Zeitlang kam er jeden zweiten Tag und gab meiner Mutter Medikamente. Das Fieber ging auch wirklich zurück, dafür klagte sie nun häufig über entsetzliche Träume, von denen sie nachts heimgesucht wurde. Sie meinte, im Schlaf ein Gespenst zu sehen, das manchmal die Züge einer jungen Frau, manchmal die Gestalt eines Tieres hatte und um das Fußende ihres Bettes herumschlich. Zuletzt kamen auch noch andere Sinneseindrücke hinzu. Es begann mit dem, wie sie sagte, nicht unangenehmen, aber sehr eigentümlichen Gefühl, dass ihre Brust von einem eisigen Strome umflossen sei. Später war es ihr, als ob zwei große Nadeln sie etwas unterhalb der Kehle mit scharfem Schmerze durchbohrten. Schließlich glaubte sie sich von irgendetwas an der Kehle gepackt, und das krampfhafte Gefühl der Strangulation war so lebhaft, dass sie in Bewusstlosigkeit sank.

Der Arzt beruhigte uns mit der Versicherung, dass solche schrecklichen Phantasien mit manchen Formen des Fiebers einhergingen.

Als der Herbst mit seinen Tagen voll Regen und Sturm und mit seinen langen Abenden kam, ging es meiner Mutter rapide schlechter. Endlich verfiel sie in eine dumpfe Betäubung. Der Arzt erklärte sich mit seiner Kunst am Ende und fuhr zurück in die Stadt.

Es war ein trüber, lichtarmer Tag; düstere Schneewolkenschatten lagen über der Heide. Erst am Abend, ehe Mademoiselle Perrodon mich zu Bett brachte, ließ man mich noch einmal zu meiner Mutter. Sie war eben wieder aus der Betäubung erwacht, doch ihr abgezehrtes Gesicht schaute mich so unaussprechlich fremd an wie das blasse Antlitz Mircallas von Daruváry, das tot von der Wand auf uns herabblickte.

Ich trat weinend auf meine Mutter zu. Sie ließ sich von mir auf die kalten Lippen küssen, legte dann ihre magere, wachsbleiche Hand auf meine Locken und sagte mit zitternder Stimme: »Ich segne dich, mein Kind. Doch nun geh wieder, damit ich meine Gebete sprechen kann. Ich möchte mit meinem Gott allein bleiben.«

Ich warf noch einen letzten sehnsüchtigen Blick auf meine Mutter – und ging.

Als ich am nächsten Morgen aus meinem Zimmer heraustrat, sah ich ihren Leichnam durch den Korridor mir von Dienern auf Matratzen entgegentragen. Wie gelähmt verharrte ich, bis der schreckliche, morgenlichtumgraute Zug an mir vorüber war und die Treppe hinabwankte.

Wenig später sah ich von meinen Fenstern, wie ein vierspänniger Trauerwagen vor dem Schloss ihren Sarg aufnahm und sich in Bewegung setzte Richtung Mórháza, wo meine Mutter, ihrem Willen gemäß, in einem Seitengange der Klosterkirche beigesetzt werden sollte. Wald und Heide waren dicht verschneit, denn über Nacht war der erste Schnee des anbrechenden Winters gefallen. Immer noch lastete ein schwerer Schneehimmel niedrig auf der Landschaft. Zwei, drei Flocken tanzten über dem Sarg.

REGINALD RANDON

8

In den ersten Tagen meines Aufenthalts war das Wald-
schloss von Málfa beinahe gemütlich. In den Kaminen
knisterte das Feuer, und der Wind klirrte leise im Spät-
herbstdunkel draußen an die Fenster. Der Graf saß meist in
einem uralten schwarzledernen Lehnstuhl und las. Das Kaminfeuer warf glühende Streiflichter auf das märchenhaft
anmutende Bild, das wie aus einem illustrierten Kinderbu-
che herausgeschnitten und mitten in das schwerfällig möb-
lierte Zimmer versetzt zu sein schien. Zuweilen sprach Graf
Ivo mit mir und erzählte in rasch hingeworfenen Zügen aus
seinem Leben. Mir war dabei immer, als durchblättere ich
alte, vergelbte Tagebuchblätter voller verklungener Illusio-
nen oder als blickte ich auf ein prächtiges Gebäude, das da
zerfiel, ohne je bewohnt gewesen zu sein. Stückweise rollte
sich ein verlorenes Menschenleben vor mir auf, das da un-
terging in dem selbst geschaffenen Gefängnis unglücklicher
Erinnerung, wie eine Fackel im sumpfigen Schlamme er-
lischt.

Nach zehn oder vierzehn Tagen hatte ich mich schon so
an die Abgeschiedenheit gewöhnt, dass sie mir beinah lieb
geworden war. Indessen war aus dem Herbst mit seinen Stür-
men, die wie das wilde Heer über die Heide sausten, Winter
geworden.

Mit den letzten Blättern, die vom Baume fielen, ballten
sich kalte Wolken zusammen und lagerten sich breit über
die Gegend. Weißer Reif deckte in den ersten Morgenstun-
den den Boden, und im Walde von Málfa ging man schon

tiefeinsinkend auf einem raschelnden, scharfduftenden Blätterteppich, während sich die breiten Pfützen auf der Dorfstraße mit leichter Eisdecke überzogen.

Mit dem ersten Schneefall verwandelte sich der liebenswürdige Graf Ivo in eine Fratze. Sein Gesicht verzerrte sich, er atmete schwer, sein Auge wurde irrig und glasig; die schwarze Melancholie kam zum Ausbruch.

Um ihn zu beruhigen, musste ich ihm den ganzen Tag lang auf dem Piano vorspielen. Und da spielte ich Totenmärsche und Reminiszenzen an Leierkästen auf einem echten Bösendorfer; ich spielte und sang ihm Arien aus *Hans Heiling* und aus dem *Freischütz*, aber alles aus Angst und im Fieber. Denn Graf Ivo hatte die ganze Zeit über grünfunkelnde Augen; er starrte mich mit leichenblassem Gesichte an, sein Haar sträubte sich, seine Zähne klapperten, und er befeuchtete in jeder Stunde seine trockenen Lippen, wobei er schmatzte – ganz wie es in den Chroniken von den Vampiren steht.

Ich hatte ein Grauen vor diesem Wahnsinnigen, der mich den ganzen Tag anstarrte, als ob er mich töten möchte. Wenn wir abends bei Tisch saßen, fürchtete ich mich ihn anzusehn, vorzüglich, sooft er ein Messer in die Hand nahm. Und dann erst die Nächte!

Der Graf begab sich wie gewohnt gleich nach dem Ende des Soupers in seinem Zimmer zu Bette. Gegen zehn, elf Uhr wurde er jedoch immer unruhiger; wenn er endlich vom Dorfkirchturm her zwölf schlagen hörte, – und sein Gehör war merkwürdig fein – dann sprang er mit einem Schrei auf und rannte mit funkelnden Augen im Zimmer auf und ab wie ein gefangenes wildes Tier in seinem Käfig. Nachdem er so ein paar Minuten schweigend herumgelaufen war, sank er ermattet zusammen und begann, den Kopf gegen den Boden wendend, mit den Lippen zu schmatzen, als ob er etwas aussagen würde. Das dauerte ungefähr eine halbe Stunde, dann warf er sich mit einem Lächeln der Befriedigung auf sein Lager und schlief ein, um am nächsten Morgen erschöpft zu erwachen.

Hundertmal hatte ich die Absicht, auf- und davonzugehn – aber ich scheute mich vor dem Grafen – es war eine so seltsame falsche Scham in mir – und dann hatte ich auf dem Schloss doch alles, was mein Herz begehrte: eine wundervolle Bibliothek, prachtvolle Flügel von Bösendorfer und Pleyel, zweimal wöchentlich die neuesten Journale aus Wien. Die Romantik des schneeerstickten Eichwaldes hatte auch etwas so Neues, Großes, dass ich mir Gewalt antat und lieber täglich mit einem ängstlichen Fieber zu Bette ging, als dass ich dem grauenerregenden Grafen den Rücken gekehrt hätte.

9

Wie still der Schnee um das Schloss lag! Nur hie und da wirbelte der Wind das weiße Chaos auf in die schweigsame Luft. Der aufstobende Schnee erschien dann wie eine undurchdringliche Mauer zwischen der Welt und dem einsamen Schloss. Die entlaubten Äste der Eichbäume rankten sich wie ein rechtes Dornröschen-Geginster um das alte Gemäuer.

Der Zustand des Grafen blieb unverändert. Zwar kam täglich zweimal der Doktor von Mórháza im Schlitten herübergefahren, doch er verordnete lediglich Gebetbücher und Talismane gegen den Vampirismus! Dieser Doktor war selber der ärgste Vampir. Er sog aus jedem Besuche zwei Dukaten – den Kornbranntwein und die Kieler Sprotten, die der Graf ihm jedes Mal vorsetzen ließ, gar nicht mitgerechnet.

Die Weihnachtstage vergingen, und die Silvesternacht kam heran. Wilder Sturm brauste vom schwarzen Himmel, dass man das Todesröcheln des sterbenden Jahres draußen zu hören glaubte.

Am Neujahrstag kamen drei oder vier Gutsbesitzer aus der Umgebung zu uns aufs Schloss. Sie ließen es sich an diesem besonderen Tage nicht nehmen, ihrem Nachbarn zwischen Schneeuntiefen und hungerröchelnden Wölfen einen freundschaftlichen Besuch abzustatten. Alle kannten sie die schwarze Melancholie des Grafen und versuchten, sie ihm so gut es ging durch Kartenspiel zu vertreiben. Wie sie da so um den Spieltisch saßen, sahen sie aus wie liebenswürdige

Mörder, die sich in die Beute teilen, oder wie Vehmrichter, welche über das Urteil eines armen Sünders beratschlagen.

Die Gäste blieben nicht allzu lange. Sie verabschiedeten sich bald einer nach dem anderen unter mancherlei Ausflüchten. Graf Korepka hatte mehrere Stunden nach Hause zu fahren; Herr von Kragujann musste noch eine alte Erbtante besuchen, um sie seiner treuen Anhänglichkeit zu versichern; Baron Nasia, der ein großer Förderer des Theaters von Mórháza war, hatte dem Direktor fest zugesagt, diesen Abend der ersten Vorstellung im neuen Jahr beizuwohnen. Zu meinem Erstaunen lud er mich ein, ihn zu begleiten und Gast in seiner Loge zu sein.

Dieser Baron Nasia war ein Emporkömmling erster Güte. Man munkelte, der Großvater des gnädigen Herrn habe noch mit Schweinen gehandelt. Er selbst war allerdings durch irgendeine glückliche Spekulation zu einem so großen Vermögen gelangt, dass Seine kaiserlich-königliche Majestät nicht darum herumgekommen waren, ihn in den Freiherrenstand zu erheben. Der frischgebackne Baron hatte jedoch bald einsehen müssen, dass materieller Reichtum allein ihm noch nicht jenen Glanz in der Gesellschaft verlieh, nach dem er strebte. Er umgab sich daher, wo immer es ging, mit Gelehrten, Künstlern und Dichtern, um sich den Anschein von Bildung und guten Sitten zu geben, auch wenn er mit Dichtung, Kunst und Gelehrsamkeit in Wirklichkeit wenig anfangen konnte. Auch das Interesse, das der Baron an mir nahm, war erst in dem Moment rege geworden, da er erfuhr, ich sei Maler. – All das wusste ich damals noch nicht, und wenn, hätte es mich wohl nicht weiter bekümmert: Seine Einladung war mir als Ausrede grade recht, um einmal einen Abend außer Haus zu verbringen, und so schlug ich ein.

Das Theatergebäude von Mórháza war ein rechtes Wandervogelnest, aus einer ehemaligen Kirche gebildet. Es hatte nur zwei Logen und eine Galerie im Fond, welche aus dem ehemaligen Orgelchor geschaffen worden war; dafür waren aber zahlreiche Sperrsitzreihen vorhanden und sogar ein Orchester! Die Ouvertüre hatte schon begonnen, als ich, von Baron Nasia geleitet, in die knapp an der Bühne gelegene, offene Loge trat. Ein Mann brachte uns einen lithographierten Theaterzettel dahin. Man gab ein Stück der Birch-Pfeiffer, ›Die Frau in Weiß‹, von einer steirischen Wandertruppe mehr schlecht als recht auf die Bühne gebracht.

Ich schaute im Zuschauerraum um mich. Da, in der Loge gegenüber, erblickte ich einen Mann in einem reichen Uniformrock, der jenem eines Husaren ähnlichsah. Das musste der örtliche Stuhlrichter sein. Ein schwarzer Bart umschloss sein ausdrucksvolles Gesicht, und dunkle Locken schmiegten sich an seine Stirn. Etwas Altvertrautes lag in den feingeschnittenen Zügen. Ich bat Baron Nasia, auf einen Moment sein Opernglas leihen zu dürfen. Das Glas gradeaus richtend, bohrte ich meine Augen gleichsam in mein Vis-à-vis. Er war es wirklich! István Kedvesi, der Freund meiner frühen Jugend! Und auch er hatte *mich* erkannt, denn auch die Operngläser der gegenüberliegenden Loge waren herübergerichtet.

Auf der Bühne nahm das Stück seinen Verlauf. Wir ließen einander nicht aus den Augen. Im Zwischenakte erhob er sich in seiner Loge, lächelte herüber und verschwand dann. Kurze Zeit später öffnete der Theaterdiener die Portière unserer Loge und meldete, mehr dem Baron Nasia als mir, den Stuhlrichter Kedvesi. Wir begrüßten uns herzlich. Wir lachten, sprachen von alten Zeiten und alten Bekannten.

Mein Vater, muss man wissen, war österreichischer Offizier. Als ich vielleicht zehn Jahre alt war, wurde er mit seinem Bataillon aus der Festung von Komárom an der Donau hinaus in ein nahes Dörfchen verlegt. Meine Mutter, die als Offiziersfrau an das Wechseln der Garnison schon gewöhnt war, hatte sich bald mit mir in dem neuen Ort eingerichtet. Das Haus, in das wir zogen, gehörte einem herabgekommenen ungarischen Edelmann, der das kleine Gehöft wohl billig erstanden hatte. Es war ein langgestrecktes Gebäude, nur ebenerdig, mit nicht allzu hohen Zimmern, deren Fenster die Aussicht auf die meist bodenlos schmutzige oder in Wolken von Staub gehüllte Dorfstraße boten.

Bei aller Armut galten unsere Wirtsleute noch für die vornehmste und reichste Familie in dem Dörfchen. Der weißhaarige gebrechliche Wirt, der uns beim Mieten hauptsächlich um ein Aufgeld ersuchte, das war der Edle von Gyarmathi. Hinter den schmutzigen braunen Kattungewändern der Edlen Freiin von Gyarmathi, einer gebornen Wienerin, versteckten sich bei unsrer Ankunft zwei Knaben; der eine bildhübsch, in beinahe modischen netten Kleidern, der andere schmutzig, blass, mit tiefliegenden Augen und glatt verschnittenem Haar. Ein zerrissener Kattunrock war buchstäblich seine einzige Bekleidung, seine braunen mageren Füße steckten in einem Paar weiter Lederstiefel, die in ihrer Jugend dem Edlen von Gyarmathi gehört haben mochten. Das waren der Imre und der István.

Imre war der Sohn des Hauses, István ein mittelloser Waisenknabe, den die Freiin, wie sie gerne betonte, »aus b'sonderer Gutheit« bei sich aufgenommen hatte. Die Mutter war bei seiner Geburt gestorben, der Vater bei der Arbeit verunglückt, als István acht Jahre alt war. Von einer besonderen »Gutheit« war im Haus der Edlen von Gyarmathi allerdings wenig zu spüren. Niemand spendete dem István ein einziges freundliches Wort, das doch für die Kinderseele dasselbe ist, was der warme Sonnenschein für die Blume. Der

Freiherr, seine Frau und der Pflegebruder, sie alle ließen ihre üble Laune, welche durch die ewigen Quälereien und Sorgen des materiellen Lebens hervorgerufen wurde, an dem armen Kinde aus.

Meine Mutter versuchte ein paar Mal, dem schmächtigen, scheu verschlossenen Knaben durch kleine Geschenke und Aufmerksamkeiten eine Freude zu machen, doch fuhr ihr jedes Mal unsre Wirtin dazwischen, sie solle den »undankbaren Fratz« nicht verziehen. »'S gibt noch viel Buben, die schlimmer dran sind wie der da«, fauchte sie, »der weiß gar nimmer, wie gut er's hat: Essen vollauf, a Kittel um Leib und Dach überm Kopf! Und das bissel Arbeiten wird ihm nix machen!« Denn Arbeiten musste der István, in der Küche, im Garten und auf den Feldern, während sein Pflegebruder, der verzogene Imre, sich faul lungernd im Hause umhertrieb.

Der Imre gab sich stets freundlich und schmeichlerisch, war aber ein hochmütiger, eitler kleiner Gesell. Er war zu irgendeiner großen Karriere bestimmt, von der die Freiin immer nur in geheimnisvollen Andeutungen sprach. Obwohl wir im selben Alter standen, mochte ich mit ihm nur ungern zu tun haben. Der István hingegen wurde mein liebster Gefährte. Wann immer er dem strengen Regiment der Pflegeeltern entfliehen konnte, tummelten wir uns auf der weiten Puszta oder schlüpften hinunter bis zu dem breiten Strome, auf dessen stolzen Wogen im Sommer die bunt bewimpelten Schiffe, die Gebilde der Menschenhand, dahinschwammen und im Winter die mächtigen Eisschollen trieben, die Gebilde der Hand der Natur.

Nur allzu bald aber hieß es schon wieder Abschied nehmen für uns. Das Bataillon meines Vaters wurde abermals an einen anderen Ort verlegt, und wir mussten das Haus des Freiherrn verlassen. Nachdem meine Mutter rasch unsere

Sachen gepackt hatte, sagten wir unseren Wirtsleuten Lebewohl. Der Alte war wie immer betrunken, seine Frau wirtschaftete im Haus umher und schalt auf ihren Mann, auf das Haus, auf die ganze Welt und insbesonders auf den faulen, undankbaren István. Die Sonne blickte strahlend lieblich auf das halb verfallene Gehöft, als könne ihr Glanz das dunkle Elend da drinnen überfluten und bannen. István blickte uns sehnsüchtig nach, als unser Wagen endlich die Dorfstraße hinabrollte. Er stand im Garten, erschöpft vom Pflanzen und Graben; über ihm breitete ein Mandelbaum seine von rosigen Blüten umwobenen Zweige aus, neben ihm kroch die Weinranke an einem zerbrochenen Lattenzaun in die Höhe.

Seit jenem Tag hatte ich ihn nie mehr wiedergesehen, und doch war mir sein Gesicht so tief ins Gedächtnis gebrannt, dass ich ihn sofort erkannt hatte, als er mir nun nach all den Jahren unvermutet als Stuhlrichter von Mórháza im Theater begegnete. Da gab es nun freilich mehr zu fragen und zu erzählen, als im Verlauf eines Abends zu bewerkstelligen war. Es war daher nur natürlich, dass István mich gleich für den kommenden Morgen auf ein Gabelfrühstück in seine Wohnung bat.

Ich nahm die Einladung umso lieber an, als sie mir abermals Grund bot, dem Bannkreis meines melancholischen Grafen für einige Zeit zu entfliehen.

10

Der Stuhlrichter spielt im Leben der ungarischen Bauern eine sehr bedeutende Rolle. Er hat die Rechtspflege in seinem Stuhle, wie man in Ungarn die Gerichtsbezirke nennt, zu verwalten. Sein Wirkungskreis hat meist so weite Grenzen, er besitzt so viele Pflichten und Rechte, dass seine Stellung der eines kleinen Königs in seinem Stuhlbezirk gleichkommt. Er kann Stockstreiche und Gefängnis bis zu einer gewissen Zahl von Schlägen und Monaten festlegen; er ist die einzige Instanz in Prozessen um Werte bis zu einer nicht unbedeutenden Summe; mit einem Worte, in seiner Hand ruht die größte Machtvollkommenheit im Stuhle, und für den Bauern ist er daher weit und breit die gefürchtetste Person.

Das Gehalt der Stuhlrichter übersteigt selten einige hundert Gulden, und wenige nur bringen eigenes Besitztum mit; dennoch sieht man fast überall schöne, geräumige Gehöfte und Häuser in den Stuhlorten sich erheben, die der Richter auf seine Kosten erbauen ließ, und mancher dieser Beamten ist im Besitze bedeutender Kapitalien. Wie kommen diese Richter nun zu solcher Wohlhabenheit? Auf die einfachste Weise: Väter, welche ihre Söhne vom Militärdienst zu befreien wünschen, brauchen nur mit gefüllter Hand vor den Richter treten, so werden die Söhne verschont; Prozessführende gewinnen ihre Sache in vielen Fällen mit klingenden, am schwersten wiegenden Argumenten; wer Vermögen besitzt und sich der Strafe zu entziehen sucht, ist vor gewissenlosen Stuhlrichtern nur zu oft der Straflosigkeit sicher.

Von István Kedvesi konnte man nicht behaupten, dass er seine amtliche Stellung auf diese Weise missbraucht hätte; aber Tatsache war, dass auch er ein ansehnliches Wohnhaus besaß, welches anstandshalber von allen »Kastell« genannt wurde und gleichzeitig seinen Amtssitz darstellte. Es hatte ein geradezu adeliges Aussehen, denn Gras wuchs aus den Ritzen seiner Hauptfront.

Ein Diener oder Gehilfe, der eines Gerichts-Panduren Uniform trug, ließ mich ein, als ich mich zur verabredeten Zeit im Stuhlrichterhaus einfand. Er führte mich sogleich in die Gerichtsstube, denn ein dringendes, unvorhergesehenes Amtsgeschäft hatte meinen alten Freund gleich in der Früh an den Schreibtisch gezwungen.

Im Vorraum fiel mir ein gewichtiger Mann mit runden Brillengläsern und kahlem Scheitel auf, der in eifriger Durchsicht einiger Dokumente auf einem Stuhl kauerte. Gegenüber an der Wand saß eine alte Bäuerin mit harten Zügen und dunkeln Augenbrauen, das graue Haar unter ein schwarzes Käppchen zurückgestrichen; sie saß unbeweglich und hielt ihre Hände mit dem Sacktuch auf der blaugedruckten Leinwandschürze. Gleich neben ihr hatte ein junger Bauernbursch Platz genommen. Mir war in diesem Augenblick, als sei ich diesem eckigen Kopfe schon sonst einmal begegnet; nur über das Wie und Wo konnte ich nicht ins Reine kommen. Aber wohl niemals hatte ich auf einem jugendlichen Antlitz einen solchen Ausdruck gleichgültiger Verdrossenheit gesehen.

Als ich in die Amtsstube trat, erhob sich István vom Schreibtisch, um mich mit der größten Herzlichkeit zu begrüßen. Zugleich wies er auf eine Mappe mit Papieren und Akten, die geöffnet an seinem Arbeitsplatz lag, und sagte entschuldigend: »Eine heikle Erbsache, die keinen Aufschub duldet ...«

Man hatte ihm diesen Morgen den Tod eines gewissen Henrik Váradi zur Anzeige gebracht, der in Középlak, einem der umliegenden Dörfer, eine große, aber stark verschuldete Bauernstelle besaß. Da er außer seiner Witwe und einem mündigen Sohne gleichen Namens zwei unmündige Kinder hinterließ, so musste die Masse in gerichtliche Behandlung genommen werden. Zum Vormund der Unmündigen war, in Ermangelung naher Verwandter, auf den Wunsch der Witwe der frühere Küster des Dorfes bestellt worden; ein Mann, der schon vielen mit seinem weltklugen Rat zur Seite gestanden war. Die drei Personen, die ich im Vorraum gesehen hatte, waren eben jener Küster sowie die Witwe und der älteste Sohn des Verstorbenen.

Meinem Freund dem Stuhlrichter war es darum zu tun, die etwas verwickelte Angelegenheit zunächst mit dem Küster allein zu besprechen, und er ließ ihn deshalb als Ersten in die Gerichtsstube holen. Der Pandur, der während unseres kurzen Gesprächs an der Tür stehengeblieben war, trat hinaus in den Vorraum, um den Küster hereinzubitten. Ich schickte mich an, den Raum einstweilen ebenfalls zu verlassen, um nicht die amtliche Besprechung zu stören. István jedoch wies mich mit fast gebietender Geste an dazubleiben. Ich glaube, er wollte, dass ich, der ihn als barfüßigen Waisenknaben gekannt hatte, nun zum uneingeschränkten Zeugen seiner Amtsgewalt werde.

»Das Gehöft wird sich schwerlich für die Familie halten lassen«, sagte er, kaum dass er den Küster begrüßt hatte, indem er das Inventurprotokoll der Masse vor ihm aufschlug; »wir werden leider zum Verkauf genötigt sein.«

Der Küster sah ihn mit seinen runden Augen an. »Das bin ich nicht der Meinung!«, sagte er dann im gewichtigen Ton.

István Kedvesi wies auf die lange Reihe der im Protokoll

verzeichneten Schulden. »Wenn das Altenteil der Witwe noch dazukommt, so wird dem Annehmer der Stelle nicht genug bleiben, um auch noch die Erbteile der Geschwister auszukehren.«

»Das allerdings nicht!« Und der würdevolle Mann klemmte die fleischigen Lippen ein und blickte mit einer Sicherheit auf den Richter, als ob er das Gegenmittel schon fix und fertig in der Tasche hätte.

»Und trotz dessen«, fragte Kedvesi wieder, »wollen Sie ihn das große Gehöft übernehmen lassen?«

»Das wäre so meine Meinung!«

»Und das Geld, woher wollen Sie das bekommen?«

»Dafür ist freilich bereits gesorgt!« Und er nannte die Tochter eines wohlhabenden Bauern aus demselben Dorfe. »Gestern«, fuhr er fort, »haben wir bereits die Verlobung gefeiert, und die Váradi'sche Stelle kann nun von den beiden jungen Leuten gemeinschaftlich übernommen werden.«

Der Küster legte die Hände auf den Rücken und schien gehobenen Hauptes einen Ausdruck der Bewunderung auf Seiten des Stuhlrichters zu erwarten. Mir aber war, da er die Verlobung erwähnte, plötzlich klargeworden, wo ich dem jungen Henrik Váradi schon begegnet sei: Vor meinem inneren Auge sah ich ihn wieder neben jenem gefährlichen Mädchen am Wagen stehen und hörte ihn sein düsteres »Gabriele, Gabriele!« ausstoßen. – »Mir ist«, warf ich zum Küster gewandt ein, »als hätte ich Ihren Bräutigam schon auf anderen Wegen getroffen! Hat etwa die Hebamme Ihres Dorfes eine besonders hübsche Tochter?«

Der Stuhlrichter und der Küster blickten mich überrascht an. Auf ihr Fragen hin schilderte ich die Szene, die ich am Abend meiner ersten Ankunft in Mórháza, beim Pferdewechsel am ›Fliegenden Drachen‹, beobachtet hatte.

»Nun«, erwiderte der Küster, »wir haben die ›schöne

Gabriele‹ als Nähjungfer in die Komitatshauptstadt vermietet, und morgen geht sie dahin ab. Mit solider Bauernarbeit hat die Mamsell sich doch ihr Lebtag nicht befassen mögen.«

Kedvesi lachte. »Und wie haben Sie denn das nur wieder fertiggebracht?«

Das selbstzufriedene Lächeln im Gesichte des Küsters zuckte so tief, als es die starken Wangen zuließen. »Mit Erlaubnis, Herr Stuhlrichter, für Geld kann man den Teufel tanzen lassen, warum denn nicht ein altes Weib!«

»In der Tat, Sie haben mehr als recht; und die Tochter der Hebamme ist voraussetzlich ohne Mittel?«

»Mit dem glatten Gesicht, Herr Stuhlrichter, konnte uns nicht gedient sein, und sonst ist nichts da, was sie hätte in die Wirtschaft bringen können. Überdies«, und er stimmte seinen Ton zu vertraulichem Flüstern, »die alte Hebamme mit ihrem Kartenlegen und Geschwulstbesprechen, womit sie den Dummen die Kreuzer aus der Tasche lockt – das hätte übel gepasst in eine alte Bauernfamilie!«

»Und hat sich denn Ihr Henrik so leicht von jenem Mädchen trennen lassen?«, fragte Kedvesi nun.

Der Küster setzte seinen weltklugen Kopf in Positur. »Wenn ich es geradheraus sagen soll«, erwiderte er ausweichend, »es war noch ganz die Frage, ob die Dirne ihn genommen hätte; da sind noch andere, die sie hinter sich herzieht und die schwerer ins Gewicht fallen. Die junge Frau aber wird nicht mit ihm betrogen, denn das muss ihm jeder lassen, ein Bauer ist er aus dem Fundament!«

Damit war die Unterredung zu Ende. István Kedvesi fand gegen den gemachten Vorschlag nichts einzuwenden; im Gegenteil, alle Schwierigkeiten wurden dadurch wie von selbst gelöst.

Als er nun auch die anderen Beteiligten in die Gerichtsstube hereinbitten ließ, stellte sich heraus, dass sich inzwischen auch die Braut mit ihrem Vater eingefunden hatte. Sie musste fast um zehn Jahre älter sein als der ihr bestimmte Bräutigam; das Gesicht war wohlgeformt, aber reizlos, wie es bei denen zu sein pflegt, die schon mit ihrer Kinderseele um den Erwerb gerechnet haben; das fahlblonde Haar zeigte deutlich, dass es ungeschützt allem Wetter und Sonnenbrand ausgesetzt wurde. Ihr gegenüber an der andern Wand saß jetzt der Bräutigam; den Kopf gesenkt, die Hände zwischen den gespreizten Beinen vor sich hin gefaltet. – Bei den nun folgenden Verhandlungen zeigte er sich mit allem einverstanden; ein dürftiges »Ja« oder »Nein« oder »Das muss ja denn wohl sein« war indessen alles, womit er diese Zustimmung ausdrückte; dabei fuhr er mit dem Rücken der Hand ein paarmal über seine Stirn, als wenn es dort etwas fortzuwischen gäbe. Endlich, als mit sämtlichen Beteiligten alles besprochen und das Vereinbarte zu Papier gebracht war, erfolgte, wie rechtens, die Unterschrift des Protokolls.

Auch Henrik Váradi, als an ihn die Reihe kam, trat an das Schreibpult und malte in steilen, widerhaarigen Buchstaben seinen Vornamen unter die Verhandlung; dann aber setzte er mit einem tiefen Atemzug die Feder ab und starrte unbeweglich vor sich hin. Vor seinem innern Auge mochte jetzt ein üppiger Mädchenkopf erscheinen; vielleicht flog gar der erschütternde Gedanke durch sein Gehirn, den Bann des alten bäuerlichen Herkommens zu durchbrechen. Aber der Küster, der ihn während der ganzen Verhandlung nicht aus den Augen gelassen hatte, trat jetzt, die Hände in den Taschen, zu ihm heran und sagte ruhig: »Bloß deinen Namen, Henrik; bloß deinen Namen!«

Und Henrik, wie von der eisernen Notwendigkeit am Draht gezogen, malte nun auch sein »Váradi« in denselben steilen Zügen noch dahinter. Damit war die Sache erledigt. Henrik Váradi verließ das Gericht als ein gemachter Mann;

mit der Frau hatte er das Betriebskapital für das Gehöft in Händen; wenn er als Bauer seine Schuldigkeit tat, so konnte es ihm nicht fehlen. – Als ich István Kedvesi einige Tage darauf erneut aufsuchte, erfuhr ich von ihm, dass die Hochzeit bereits mit allem Pompe bäuerlichen Herkommens gefeiert worden sei.

11

Der Eindruck, den diese Vorgänge mir gemacht hatten, war in meinem Gedächtnis noch sehr lebendig, als ich im Anfang des Februars mit István Kedvesi in seinem Hause beisammensaß, wie ich es seit unserem Wiedersehen mit einiger Regelmäßigkeit tat. Der Karneval stand vor der Tür; István war eben damit befasst, mir ein farbenprächtiges Bild der bevorstehenden ländlichen Vergnügungen auszumalen – da erschien der Ortsvorsteher von Középlak und meldete, dass Henrik Váradi seit nunmehr zwei Tagen verschwunden sei. Die Meinung einiger gehe dahin, dass er sich nach Hamburg oder Bremen durchschlagen wolle, um nach Amerika auszuwandern; andere dagegen hegten die Befürchtung, er könne sich ein Leides angetan haben. Alle angestellten Nachforschungen aber hatten bis jetzt keinen Erfolg gehabt.

István Kedvesi erkundigte sich mit amtlicher Miene, ob ein besonderes Ereignis bekannt sei, welches Váradis Verschwinden erklären könne. »Keines«, erwiderte der Gefragte, »außer vielleicht, dass er sein Verhältnis mit der Tochter der Hebamme wieder aufgenommen hat.«

»Ich dachte, die wurde als Näherin in die Fremde verschickt?«

»Das wohl«, antwortete der Ortsversteher, »nur hielt es sie dort nicht lange. Seit zwei oder drei Wochen ist die ›schöne Gabriele‹ wieder im Dorf, und seitdem sitzt auch der Váradi fast alle Abend bei den Hebammensleuten; während seine frischangetraute Gattin voll Gram daheim auf ihn wartet. Und dabei wirft er alles, was sie als Mitgift ins Haus brachte, zum Fenster hinaus, sodass es mit der Wirtschaft wohl rasch wieder bergab gehen wird. Dafür aber promeniert draußen im Dorf das Hebammenfräulein in pelzverbrämten Jacken und goldenen Vorstecknadeln; mag wohl bald die ganze Mitgift von Váradis Braut an ihrem Leib tragen!« –

Mein Freund Kedvesi beschloss nach diesen Ausführungen, noch am selben Tage die Sache an Ort und Stelle zu untersuchen. Um desto unbehinderter zu sein, verzichtete er auf einen amtlichen Protokollführer und bat stattdessen mich, ihn anstelle des Amtsdieners zu begleiten.

Wir fuhren im offenen Schlitten durch die verschneite Heide. Kein Baum unterbrach die ungeheure Blöße, nur hie und da erhob sich ein dürftiger Wacholderbusch oder ein dürres Schilfbüschel über die monotone Schneeflur.

Nach nicht allzu langer Fahrt erreichten wir Középlak, dessen spitzer Kirchturm und frischrote Ziegeldächer schon lange vor uns sichtbar gewesen waren. – Als wir im Dorf anlangten, ließ Kedvesi zunächst vor dem Hause des alten Küsters halten, um durch diesen etwas Näheres über die Verhältnisse im Váradi'schen Hause zu erfahren. »Ich will's Ihnen sagen, Herr Stuhlrichter«, hub jener an, nachdem er uns in der Tür seines Hauses willkommen geheißen hatte, »wem nicht zu raten ist, dem ist auch nicht zu helfen! Dieser Henrik hat mit Gewalt sein Glück nicht erkennen wollen; Gott weiß, ob seine Sache sich wieder ins Lot bringen lässt!«

Wir waren unterdessen in das Haus und in die Wohnstube getreten. Hinter dem Ofen, in welchem ein wärmendes Feuer brannte, saß ein kränklich aussehendes Mütterchen, fast verdeckt von einer großen Wollenstrickerei, die sie mit ihren mageren Fingern handhabte. Sie entschuldigte sich klagend, dass sie wegen ihrer Kreuzschmerzen nicht vom Lehnstuhl aufkönne, um uns zu begrüßen; dann klinkte sie von ihrem Sitze aus die daneben befindliche Küchentür auf und rief mit scharfer Stimme: »Katinka! Setz den Kessel auf, Katinka!« Und zugleich hörte ich auch draußen den Dreifuß auf den Herd werfen und im Feuerloch rumoren.

Die Frau Küsterin klappte die Tür wieder zu und schob ihr Strickzeug von sich. »Wenn's erlaubt ist zu reden, Herr Stuhlrichter«, sagte sie endlich, »es hat schon einen Vorspuk gegeben; dazumal, als mein Mann hier noch im Amte war. Ich weiß nicht genau, wieviel Jahr es jetzt her ist, Gabriele und ihre Mutter waren noch nicht lange im Dorf. Wo der Vater des Mädchens abgeblieben war, wusste niemand zu sagen; es hieß, er sei ein Walache von der unteren Donau gewesen ...«

»Aber Mutter«, versuchte der Küster einzureden, »erspare dem Herrn Stuhlrichter doch die ganzen alten Geschichten!«

»Meinst du, Vater?«, versetzte sie. »Es ist aber doch eben *ein* Faden, und der läuft bis heute hin.«

István Kedvesi bat um die Fortsetzung ihres Berichtes.

Das Mütterchen nickte. »Ich hatte damals noch meine Gesundheit, Herr Stuhlrichter«, begann sie wieder; »es sollte eine Tanzlustbarkeit im Dorfwirtshaus geben, und just an dem Tage da waren auf einmal alle meine Rosen im Vorgarten abgerissen. Aber als ich des Abends nur kaum in den Tanzsaal getreten war, so sah ich auch schon, wo sie hingekommen; denn in dem Kranze, den die ›schöne Gabriele‹ auf ihren schwarzen Haaren trug, saßen richtig meine roten Rosen. Wie ich sie darauf ansprach, da trat der Henrik hinzu und nahm alles auf sich. Sie hat sich dafür dann auch beim Tanzen mit ihm herumgeschwenkt, dass dem hölzernen Jungen der Schweiß von den Backen rann.

Nun, nun, Vater!« unterbrach sie sich, als der Küster zu

einer neuen Bemerkung anhub. »Ich weiß wohl, die Freude dauerte nicht lang; ich will's dem Herrn Stuhlrichter alles schon erzählen. Es war nämlich einer unter den Burschen, der nicht wie die andern in das Hebammenmädchen vernarrt war, obschon sie sich genug um ihn zu tun machte; und das war János, der Sohn von dem reichen Mátyás Orbok hier! – Als eben die Musikanten zu einem neuen Csardas aufspielten, kommt der anstolziert, in seiner neuen Jacke mit Perlmutterknöpfen, die silberne Uhrkette über der Weste, und sieht sich unter den Dirnen um, als wenn sie nur alle so für ihn zu Kauf stünden. Er war aber auch ein schlanker, braunhaariger Junge und hat noch heute so was Stolzes an sich. – Vor Henrik und Gabriele, die eben wieder in die Reihe treten wollten, blieb er stehen und sah höhnisch auf sie herab. ›Hehler und Stehler?‹, sagte er lachend. ›Der Rosendieb und die Walachendirn? Ihr macht ein sauberes Paar zusammen!‹ – Das Mädchen glotzte den Orbok an mit ihren schwarzen Augen. ›Lässt d'mich schimpfen, Henrik?‹, rief sie. Und im Handumdrehen hatte der Orbok seine zwei Faustschläge in den Nacken. ›Das für die Walachendirn! Und das für den Rosendieb!‹ – Und dabei fiedelten die Musikanten, und die Leute tanzten und stolperten über den János, der sich eben vom Fußboden wieder aufsammelte; und in all dem Lärm hör ich die Stimme des Wirts und sehe auch, wie er den Henrik am Kragen hat und ihn gegen den Türpfosten stellt. ›Dass du es weißt, Váradi!‹, hör ich ihn noch sagen; ›mit dem Tanzen ist es heute Abend aus für dich!‹ – Da stand er nun und biss sich die Lippen blutig, und die Gabriele reckte ihren Schwarzkopf auf und schaute durch den Saal nach einem andern Tänzer aus. – –'s ist aber ein wunderlich Ding, das Menschenherz, Herr Stuhlrichter! Schon lange hatt ich gesehen, dass János Orbok dastand, als wenn er die Dirne mit den Augen verschlingen wollte; und es hilft einmal nicht, die gestohlenen Rosen standen ihr verwettert gut zu ihrem feinen, unverschämten Stumpfnäschen. Und richtig! Sie hatte nun auch den am Band. ›Was meinst, Gabriele?‹, sagte ganz kleinlaut der stolze János, ›willst jetzt mit mir halten heute Abend?‹ – Erst, als er nach ihrer Hand griff, stieß sie ihn vor die Brust und tat wild wie 'ne Katze; aber als sie merkte, dass es Ernst war, ward sie auch ebenso geschmeidig und lacht' und wies ihre weißen Zähne und tanzte mit ihrem schmucken János an dem armen Burschen vorüber, als hätte es für sie nimmer einen Henrik Váradi auf der Welt gegeben. Der aber stand noch immer wie angenagelt auf seinem Posten; nur seine kleinen Augen fuhren hinter den beiden her; es war ein Glück, dass sie nicht mit Flintenkugeln geladen waren! – Und das ist die ›schöne Gabriele‹, Herr Stuhlrichter.«

12

Der Kaffee war inzwischen aufgetragen, und der Küster erinnerte, nicht ohne scheinbare Vorsicht, seine Frau daran, dass der Herr Stuhlrichter noch mit ihm zu reden habe.

»Ich will nicht im Wege sein, Vater«, versetzte diese, von ihrem Lehnstuhl aus die Tassen vollschenkend. »Ich sage nur und hab's dir ja auch schon gesagt: Kaum dass die Dirne jetzt wieder aus der Stadt zurück war, lief der Henrik zu den Hebammensleuten, und es gefiel ihr schon, dass sie gleich wieder einen hinter sich herzuziehen hatte; und wenn auch nur, um die junge Frau zu ärgern, die ihn geheiratet hat. Nun, da es aber mit dem alten Mátyás Orbok aufs Letzte geht und der nicht mehr den Daumen gegenhalten kann, weiß auch sein János mit Dunkelwerden den Weg dorthin zu finden. - Ich wundre mich nicht«, setzte sie hüstelnd hinzu, »dass der Váradi fortgelaufen ist; denn mit sich selber umzugehen, was doch die größte Kunst vom Menschenleben ist, das hat er noch nie gekonnt. Ich begreif nicht, was darum so viel Aufhebens im Dorf ist; er wird schon wiederkommen, wenn er's satthat!«

Die kleine gebrechliche Frau, deren blasse Wangen unter dem lebhaften Erzählen wieder aufgeblüht waren, schwieg jetzt und suchte mit der Feuerzange die Kohlen in ihrem Ofen aufzustören. - István Kedvesi tat noch diese und jene Frage; dann ließ er sich von dem Küster, dem draußen sichtlich seine Würde wieder zuwuchs, an den Schlitten geleiten. Schweigend folgte ich nach.

»Ja, ja, mein wohlgeborener Herr Stuhlrichter«, sagte der

Küster noch, gleichsam die Summe eines langen Gedankenexempels ziehend, »ich habe manchen Gang um diese Heirat gemacht; aber der Mensch soll ja auf den Dank der Welt nicht rechnen! Nehmen Sie nur die Mamsell Gabriele aufs Korn; die wird Ihnen über alles Bescheid geben können.«

Nachdem er uns mit majestätischer Handbewegung entlassen, glitt unser Schlitten weiter die eingeschneite Dorfstraße entlang. Hinter der zur Rechten gelegenen Kirche blickte aus entlaubten Holunderhecken ein Häuschen mit grünen Fensterläden.

»Hier wohnt die Hebamme mit ihrer Tochter«, erklärte mir Kedvesi, der in Geschäften schon öfter in Középlak gewesen war.

Nach einer Weile hörten zur Linken die Häuser auf. Die an der Kirchseite sich noch eine gute Strecke entlangziehenden Gehöfte lagen gegen Westen, nur durch den Weg und einige eingewallte Acker- und Wiesenstücke von der großen Heide getrennt; das letzte derselben, einsam und weit hinaus gelegen, war uns als das des Henrik Váradi bezeichnet worden.

Vor vielen dieser Häuser bemerkten wir Gruppen von Menschen, anscheinend in lebhafter Unterhaltung, zuweilen auch wohl mit ausgestrecktem Arm nach der Heide hinausweisend. Es war augenscheinlich eine besondere Aufregung unter den Dorfbewohnern.

Endlich fuhren wir auf die Váradi'sche Hofstelle. Das Haus trat etwa hundert Schritt vom Wege zurück; vor den niedrigen Fenstern zog sich ein nun tief verschneites Gartenstück bis an den Weg hinab. Da sich niemand von den Hausgenossen zeigte, als wir vor dem Tor hielten, schickte István Kedvesi den Schlittenlenker in das Haus, der dann auch bald in Begleitung einer alten Frau wieder heraustrat. Kedvesi wollte sie als Witwe Váradi begrüßen, aber sie erwiderte, sie habe nur als Nachbarin das Haus gehütet; die alte und die junge Frau Váradi seien zum Ortsvorsteher gegangen; denn die Tochter des Finkeljódok hätte erzählt, dass sie noch gestern Abend, da eben der Mond aufgegangen sei, den Henrik dort hinten auf der Heide gesehen habe; auf diese Nachricht seien wieder Leute zum Suchen hinausgeschickt worden.

Kedvesi fragte näher nach.

»Es wird wohl nichts daran sein, Herr Stuhlrichter«, meinte die Alte; »die Dirne ist so was simpel; und seit der János Orbok ihr vergangenen Winter was in den Kopf gesetzt hat, ist sie vollends faselig geworden.«

»Aber wo ist das Mädchen jetzt zu finden?«

»Jetzt bekommen Herr Stuhlrichter sie nicht. Sie ist mit den Leuten in die Heide, um ihnen den Platz zu zeigen.«

Wir ließen uns nun von der Alten in das Wohnzimmer weisen und einen Tisch in die Mitte stellen, auf welchem ich zur Aufnahme der nötigen Notizen mein aus der Stadt mitgebrachtes Schreibmaterial bereitlegte.

Es war ein niedriges, aber geräumiges Zimmer; den Fenstern gegenüber befanden sich zwei verhangene Wandbetten. Der weiße Sand auf den Dielen, die blanken Messingknöpfe an dem Beilegerofen, alles zeugte von Sauberkeit und Ordnung.

Um keine Zeit zu verlieren, wies Kedvesi den Schlittenlenker an, die in der Nähe wohnende Gabriele zur Stelle zu bringen, während die Alte es übernahm, die Váradi'schen Frauen von der entlegneren Wohnung des Ortsvorstehers herbeizuholen. – Ich saß still an meinem improvisierten Schreibtisch; von der Wand tickte der harte Schlag einer Schwarzwälder Uhr; in Erwartung der kommenden Dinge war István Kedvesi ans Fenster getreten und sah in die fahle Februarsonne, die schon tief jenseits der Heide stand.

Das Rauschen von Frauenkleidern weckte mich aus den Gedanken, worin ich mich einzuspinnen begann. Als ich aufsah, erblickte ich eine schlanke volle Mädchengestalt in städtischer Kleidung, deren kleine und, wie mir schien, zitternde Hand eben ein schwarzes Kopftuch von dem Nacken streifte.

Ich konnte nicht zweifeln, wen ich vor mir hatte; zum ersten Mal sah ich den verführerischen Kopf jenes Mädchens unverhüllt. Sie war wirklich sehr hübsch, hatte mächtig blitzende, lustige Augen, weiße Zähne zwischen den roten Lippen und nachtschwarzes, dichtes Haar, das sie kurz verschnitten trug wie ein Knabe.

»Sie sind Gabriele Glansky?«, sagte der Stuhlrichter, der sich bei ihrem Eintritt vom Fenster abgewandt hatte. Ein kaum hörbares »Ja« war die Antwort.

Er setzte sich nun ebenfalls an den Tisch; Gabriele blieb ihm gegenüber stehen. Ich nahm die Feder zur Hand, um das Gespräch zu protokollieren.

»Sie kennen den jungen Henrik Váradi?«, fragte Kedvesi weiter.

Wieder erfolgte ein leises »Ja«.

»Ich meine, Sie haben in näherer Bekanntschaft mit ihm gestanden?«

Sie antwortete nicht. Als ich aufblickte, sah ich, dass sie totenblass war; ich hörte, wie ihre weißen Zähnchen aufeinanderschlugen. Die Angst vor äußerlicher Verantwortlichkeit wegen einer vielleicht innerlichen Schuld mochte sie ergriffen haben.

»Weshalb fürchten Sie sich?«, fragte Kedvesi, ihre Erregung gleichfalls bemerkend.

»Ich fürchte mich nicht; – aber die Bauernweiber haben alle einen Hass auf mich.«

»Es handelt sich nicht um Sie, Gabriele Glansky, sondern um den jungen Mann, der seit einigen Tagen vermisst wird.«

»Ich weiß nichts davon; ich bin nicht schuld daran!«, stieß sie, noch immer nach Atem ringend, hervor.

»Aber wir müssen ihn zu finden suchen«, fuhr der Stuhlrichter fort. »Kurz vor seiner Heirat sind Sie in die Stadt gezogen und dann kaum zwei Wochen später wieder zurückgekommen?«

»Es gefiel mir dort nicht, ich hatte nicht nötig zu dienen; – es reut mich noch, dass ich so dumm mich hatte fortschicken lassen!« Und die starken Augenbrauen des Mädchens zogen sich dicht zusammen.

»Henrik Váradi«, sagte Kedvesi, »ist dann oft des Abends zu Ihnen gekommen?«

»Wir konnten ihn doch nicht fortjagen.«

»Er kam zuletzt, so sagt man, jeden Abend und blieb dann oft bis Mitternacht.«

»Das lügen die Weiber!«

»Aber Sie haben Geschenke von ihm angenommen?«

Ein heißes Rot flog über ihr Gesicht, »Wer hat das gesagt?«

»Das singen die Spatzen von den Dächern; es hat argen Unfrieden zwischen den Eheleuten gesetzt.«

»Nun, und wenn's auch wäre!«, rief sie und warf trotzig ihre roten Lippen auf. »Wer hat sie geheißen, ihn zu heiraten!«

»Und würden Sie ihn denn geheiratet haben?«, fragte Kedvesi.

Aber bevor sie zu antworten vermochte, wurde die Stubentür aufgerissen, und die beiden Váradi'schen Frauen traten in das Zimmer. Ich sah noch, wie die Augen der alten Bäuerin und der Hebammentochter in unverhohlenem Hasse aufeinander blitzten; dann stellte die Alte sich vor

István Kedvesi hin und sagte zitternd: »Herr Stuhlrichter, was tut die Person da in unserm Hause? Ich bin der Meinung, dass ich das wohl nicht zu leiden brauche!«

»Die Person«, erwiderte Kedvesi und schob die beiden Frauen unmerklich wieder zur Tür hinaus, »wird gerichtlich vernommen und ist von mir hieher beschieden worden.«

Sie standen nun draußen auf dem Hausflur. Durch die offene Tür sah ich die alte hagere Frau die Hände ringen. »Ach, das Elend!«, rief sie, »das Elend!« – Die junge Bäuerin trocknete mit ihrer Schürze die Tränen, die sie fortwährend weinte.

»Wenn nur die nicht wiedergekommen wär«, sagte sie, »unsereins versteht so was nicht; aber sie muss es ihm doch angetan haben!«

»Der da oben wird wissen, wo er ist«, hörte ich nun wieder die Alte sagen. »Er war nicht gottlos, mein Henrik! – Auf die Knie hat er sich geworfen und seinen armen Kopf in meinen Schoß gedrückt; denn er war ja immer doch mein Kind! ›Mutter‹, hat er gesagt, ›ich hab nicht zu ihr hinüber wollen; aber es hat mich doch wie bei den Haaren dahin zurückgezogen; – es kriegt mich unter; ich kann's nicht helfen, Mutter!‹«

13

István Kedvesi machte sich von den Frauen los, indem er ihnen bedeutete, dass sie wegen ihrer eigenen Vernehmung zur Stelle bleiben müssten. Als er wieder in das Zimmer trat, fielen schon die schrägen Strahlen der Abendsonne durch die Fenster. Das Mädchen stand noch auf demselben Platze wie vorhin; aber sie schien ruhiger geworden und sogar, vielleicht nur weil er den andern Frauen gegenüber ihre Anwesenheit vertreten hatte, ein Vertrauen zu ihm gefasst zu haben. »Ich will's Ihnen wohl erzählen, Herr Stuhlrichter«, begann sie, indem sie sich mit beiden Händen durch ihr glänzend schwarzes Haar fuhr. »Ob ich ihn geheiratet hätte, wenn er das Geld von der andern nicht hätte brauchen müssen, – ich weiß das nicht, und ist auch wohl übrig, jetzt zu fragen; ich bin gut Freund mit ihm gewesen; wir tanzten wohl zusammen, aber – und das ist die Wahrheit, Herr Stuhlrichter – ich hatte nicht gedacht, dass er's gar so ernsthaft nehmen würde.«

»Sie wussten doch«, sagte Kedvesi, »dass er seit Jahren schon Ihnen nachgegangen war; und ich meine, der sah nicht aus, als ob er mit solchen Dingen spielen könnte.«

Sie hatte seitwärts einen raschen Blick in den kleinen, mit Pfauenfedern geschmückten Spiegel geworfen, und eine Sekunde lang brach es wie heiße Lebenslust aus ihren dunkeln Augen. »Nun«, sagte sie, »zuletzt hab ich's schon merken müssen; aber da hab ich ihn nicht mehr fortbringen können. Versucht hab ich's genug; denn er plagte mich bis aufs Blut mit seinen Grillen; zumal wenn sonst junge Leute zu uns kamen, wie das doch nicht anders ist. Er konnte mit den Zähnen knirschen, wenn ich nur einen an die Haustür brachte; oder gar, als einmal János Orbok aus bloßem Übermut mir einen Bissen Konfekt in den Mund schob; und er hatte doch sein Weib zu Hause!«

Kedvesi sah sie fest an. »Also der Orbok kam in der letzten Zeit auch zu Ihnen? Sie wissen vielleicht, dass sein Vater ihm kurz vor Neujahr den Hof übergeben hat.«

Sie stutzte einen Augenblick wie verwirrt; dann aber, als habe sie die Bemerkung gar nicht gehört, fuhr sie fort: »Manchen Abend, wenn der Wächter zu neun geblasen, hat meine Mutter den Henrik gebeten, nach Haus zu gehen. Aber er ging nicht. ›Frau Nachbarin‹, sagt' er dann wohl, ›Sie wird mir doch den Stuhl in Ihrem Hause gönnen; ich verlang ja weiter nichts!‹ Und so sind wir denn sitzen geblieben; ich an meinem Nähstein vor der einen Tischschublade, er vor der andern. ›Henrik‹, hab ich oft gesagt, ›sei nicht so hintersinnig! Du kannst ja sonntags im Wirtshaus mit mir tanzen; nimm doch deine Frau mit und lass uns alle miteinander vergnügt sein.‹ Aber er stieß dann nur ein höhnisches Lachen aus und sah mich aus seinen kleinen Augen an, als wollte er mir damit ein Leides tun.«

Das Mädchen atmete schwer auf. Im Zimmer war nur noch das Licht des Sonnenuntergangs, in dem ihre roten Lippen auffallend gegen ihr blasses Gesicht und ihre dunklen Augen hervortraten. – »Glauben Sie's mir, Herr Stuhlrichter«, sagte sie, »wenn ich was an ihm versehen habe, es ist mit Angst und Not gebüßt.«

István Kedvesi fragte weiter. »Es haben einige gemeint«, sagte er, »Henrik Váradi sei nach Deutschland, um von dort mit einem Auswandererschiff nach Amerika zu gehen?«

»Wohin er gegangen ist, das weiß ich nicht«, sagte sie düster, »aber ich will Ihnen auch das erzählen; so wahr, als wenn ich vor Gott stünde! – Am letzten Sonntagabend war's, es mochte gegen acht Uhr sein; meine Mutter, die über Nacht aus gewesen war, saß im Lehnstuhl und nickte über ihrem Strickzeug; wir waren ganz allein, und ich wunderte mich, dass auch Henrik Váradi nicht kam; denn am Vormittag in der Kirche hatte er mich wieder einmal angestarrt, dass alle Weiber die Köpfe nach mir wandten. – Draußen ging der Sturm; aber zwischen den Windstößen glaubt ich mitunter bei unserm Hause gehen zu hören. Mir war das unheimlich, und ich trat vor die Haustür, um zu sehen, was es gäbe. Es war kein Mondschein, Herr Stuhlrichter; aber es war nachthell, und ich konnte durch den kahlen Fliederzaun ganz deutlich die Kreuze auf dem Kirchhof unterscheiden, der an unsern Garten stößt. Und so sah ich auch, dass unterm Zaune einer stand; und da ich hinzutrat, war es Henrik Váradi. ›Was stehst du hier und lässt dich durchkälten?‹, sagte ich. ›Warum kommst du nicht herein?‹ – ›Ich muss dich allein sprechen, Gabriele!‹, erwiderte er. – ›Nun, so sprich, wir sind hier allein; es wird auch niemand kommen bei dem Sturmwind.‹ – Aber er sprach nicht, bis ich sagte: ›Mich friert; ich will hinein und mein Umschlagetuch holen!‹ Da griff er mich bei der Hand und sagte schwer: ›'s geht so nicht länger, Gabriele; ich muss ein Ende machen.‹ – Er kam mir so seltsam vor; ich wusste nicht, was ich ihm darauf antworten sollte. ›Henrik‹, sagte ich; ›am besten wär's, ich ginge wieder fort; dann wird wohl alles noch gut werden!‹ – ›Wir müssen beide fort, miteinander fort, Gabriele!‹, antwortete er; ›ich geh zu meinem Vetter über See in die Neue Welt; es ist leicht, dort sein Brot zu finden.‹ – ›Das wirst du deiner Frau nicht antun!‹, erwiderte ich. – ›Nicht antun, Gabriele? Es ist kein Segen für sie, wenn ich dableib; die paar tausend Kronen, die sie in die Wirtschaft gebracht hat, gehen bald darauf; ich bin kein Bauer mehr, ich hab keine

Gedanken ohne dich!‹ – Er wollte mich umfassen, aber ich sprang zurück.

›Das würde mir anstehen‹, sagt ich, ›als deine Beiläuferin mit dir in die weite Welt zu rennen!‹ – ›Hör mich nur‹, begann er wieder, ›wir gehen heimlich fort; meine Frau wird dann auf Scheidung klagen; dann können wir uns dort zusammengeben lassen.‹ – ›Nein, Henrik; ich tu's nicht, ich geh so nicht fort.‹ – Auf diese Worte ward er wie unsinnig; er warf sich in den Schnee, ich weiß nicht, was er alles sprach; auch heulte der Sturm um die Kirche, dass ich's kaum verstehen konnte; meine Kleider flogen, ich war ganz verklommen. ›Geh nach Haus, Henrik‹, bat ich, ›du bist heut nicht bei dir, lass uns morgen über die Sache sprechen!‹ – Indem hörte ich hinter uns vom Kirchhofsteige laute Stimmen; János Orbok war darunter, und ich horchte nach unserer Pforte, denn er war in den letzten Wochen bisweilen zu uns gekommen. Aber sie mussten vorübergegangen sein; ich hörte das Kreuz im großen Kirchhofstor drehen und bald auch die Stimmen weiter unten auf dem Dorfwege. –

Als ich den Kopf zurückwandte, stand Henrik vor mir. ›Gabriele‹, sagte er, und er würgte die Worte nur so heraus; ›willst du mit mir gehen?‹ Aber bevor ich noch zu antworten vermochte, legte er die Hand auf meinen Mund. ›Sprich nicht zu früh!‹, rief er, ›denn ich frag nicht wieder – nimmer wieder.‹ – Ich antwortete nicht; es schnürte mir die Kehle zu; was hätte ich ihm auch antworten sollen! – ›Siehst du!‹, sagte er, ›ich wusste es wohl; du bist falsch, du wartest auf den andern!‹ – Dann aber fasste er mich mit beiden Händen und hielt mich vor sich, als ob er wie aus der Ferne mich betrachten wollte – ›küss mich noch einmal, Gabriele!‹«

»Und dann?«, fragte Kedvesi, als das Mädchen stockte.

»Ich will nicht lügen, Herr Stuhlrichter; ich hätt's ihm nicht gewehrt; aber er stieß mich plötzlich von sich. – Ich wollte der Haustür zulaufen; da rief er zornig meinen Namen; und als ich darauf nicht hörte, sprang er hinter mir her und packte mich wie mit eisernen Armen. ›Noch einen Augenblick, Gabriele‹, sagte er, und trotz der Nacht sah ich, wie seine kleinen Augen über mir funkelten; und während der Sturm mir fast die Kleider vom Leibe riss, schrie er mir ins Ohr: ›Ich will dir was Heimliches anvertrauen, Gabriele; aber sprich's nicht weiter! Für uns beid zusammen ist kein Platz mehr auf der Welt; du sollst verflucht sein, Gabriele!‹ – Ich stieß einen lauten Schrei aus; ich glaubt, er wolle mich erwürgen. Da ließ er mich los und rannte davon. Ich hörte noch, wie er drüben die Kirchhofspforte zuschlug; und gleich darauf war auch meine Mutter vor die Haustür getreten und rief nach mir. – ›Er wird sich morgen schon besinnen‹, sagte sie, nachdem ich ihr alles, so gut als ich es vermochte, erzählt hatte. –

Als wir ins Haus gegangen waren, legte meine Mutter sich ins Bett, und ich setzte mich wieder an meine Arbeit. Draußen stürmte es noch immer fort; mitunter hörte ich unten im Dorf den Wächter blasen; im Kirchturm schlug die große Glocke an. Mir war ganz unheimlich; aber es ließ mir keine Ruh; ich dachte immer, er könne sich ein Leids angetan haben. Als ich merkte, dass meine Mutter eingeschlafen war, nahm ich mein Umschlagetuch und schlich mich fort. – Es begegnete mir niemand; die meisten Häuser waren schon dunkel; nur auf der Váradi'schen Stelle sah ich vom Wege aus noch Licht durch die Öffnung der Fensterläden scheinen. Ich nahm mir ein Herz und ging in die Gartenpforte. Als ich mich an das Fenster stellte, hörte ich drinnen die Spinnräder schnurren, bisweilen auch ein Wort von der alten Váradi. – ›Was sie nur sprechen mögen!‹, dachte ich und legte das Ohr an den Laden, aber ich konnt es nicht verstehen. Da gewahrte ich unter dem andern Fenster einen umgestürzten Zuber, und als ich hinaufgestiegen war und mich auf den Zehen hob, reichte mein Auge bis an das Herz des Ladens. Ich konnte dort das Wandbett übersehen; auch sah ich, dass jemand darin lag, und als der Kopf sich auf dem Kissen umwarf, erkannte ich, dass es Henrik war. Mit einem Mal aber richtete er sich in den Kissen auf und stierte mit den Augen auf mich zu. Da befiel mich die Angst, ich sprang von dem Zuber herab und rannte fort, über den Weg, über den Kirchhof; – um die Turmecke pfiff und heulte es; der alte Finkeljódok sagt dann immer, die Toten schreien in den Gräbern. Mir grauste, ich weiß nicht mehr, wie ich wieder ins Haus und ins Bett gekommen bin. – Am andern Morgen aber hieß es, Henrik Váradi sei in der Nacht verschwunden; ich habe nichts wieder von ihm gesehen.«

14

Es war inzwischen dämmerig geworden. Als ich durch die kleinen Scheiben einen Blick ins Freie tat, war fern am Horizont nur noch ein schwacher Abendschein; die Bäume im Garten standen schwarz gegen den Himmel. – István Kedvesi ließ zwei Talgkerzen anzünden und auf den Tisch stellen; dann rief er die Váradi'schen Frauen in das Zimmer.

»Soll denn die dabei sein?«, fragte die alte Bäuerin, indem sie einen halb scheuen, halb hasserfüllten Blick auf Gabriele warf, die nach Kedvesis Geheiß sich in die eine Fensterecke gesetzt hatte.

»Die wird Sie nicht stören, Frau Váradi!«, erwiderte er.

»Nun, meinethalb. Was ich zu sagen habe, kann Gott und alle Welt hören; aber« – und sie erhob drohend ihren dürren Finger – »die Bösen werden ihren Lohn bekommen!«

Das Mädchen schien von diesen Worten nichts zu hören; sie hatte wie erschöpft den Kopf gegen die Wand gelehnt. – »Lassen Sie das, Frau Váradi!«, sagte der Richter. »Erzählen Sie mir, wie es an dem letzten Abend war, da Euer Sohn das Haus verlassen hat.«

»Ja, wie war's?«, erwiderte sie, als sei sie aus tiefen Gedanken aufgestört worden. »'s war am letzten Sonntagabend; das Essen hatten wir abgeräumt, und die Magd war in ihre Kammer gegangen – nein, es muss schon hin um zehn Uhr gewesen sein; Marika und ich saßen noch bei unserem Spinnrad. Mein Henrik war vordem ganz verstürzt nach Hause gekommen, nun lag er schon lange in dem Wandbett da. Aber er schlief wohl nicht, denn er warf sich fleißig herum und stöhnte auch wohl so vor sich hin; wir waren das schon an ihm gewohnt, Herr Stuhlrichter. – – Draußen ging der Sturm, wie das jetzt im Winter wohl zu sein pflegt; der Nordwest war zu Gang und rüttelte an den kahlen Ästen der Bäume; mir bangte immer, er sollte auch den Birnbaum an der Scheune umstürzen; denn mein Vater selig hat ihn bei der Taufe von meinem Henrik selbst gepflanzt. Da hör ich's draußen leise vor dem Fenster trotten, und ich horchte darauf; denn, Herr Stuhlrichter, ich wusste nicht, war es ein Tier oder war es eines Menschen Fußtritt. Ich frag: ›Hörst du das, Marika?‹, frag ich. Aber sie greift in ihr Spinnrad und sagt: ›Nein, Mutter, ich höre nichts!‹ – Nun rück ich 'nen Stuhl zum Fenster und sehe durch das Herz des Fensterladens; denn wir hatten wegen des Unwetters die Läden angeschroben. Da stand der Birnbaum gegen den grauen Nachthimmel und ächzte und wehrte sich zum Erbarmen gegen den Sturm. Lebiges war nicht zu sehen. Aber das merkt ich wohl, es drückte sich was unter das Fenster, und es rutschte, als scheuere ein Zottelpelz an der Mauer lang. Da ich vom Stuhl herabsteige, kratzt es draußen an dem andern Laden und sogleich hör ich auch drüben in der Wand das Bettband knacken, und mein Henrik sitzt steidel aufrecht in den Kissen und starrt mit ganz toten Augen nach dem Fenster zu. – Als ich ruf: ›Herr Jes', Henrik, was ist denn?‹, da ist auch hinten im Stall das Vieh in die Unruhe gekommen, und durch all das Unwetter hör ich den Bullen brüllen und mit Gewalt an seiner Kette reißen. Aber mein Henrik sitzt noch immer so tot und glasig, dass mir ganz graulich wurde, und als ich mich nun selber umwende – Herr, du mein Jesus Christ! –, da guckt' ein Tier durch den Fensterladen! Ich sah ganz deutlich die weißen, spitzen Zähne und die schwarzen Augen!«

Die Alte wischte sich mit der Schürze den Schweiß von

der Stirn und begann leise vor sich hinzumurmeln. Kedvesi unterbrach ihr stilles Selbstgespräch.

»Ein Tier, Frau Váradi?«, fragte er, »habt Ihr denn so große Hunde im Dorf?«

Sie schüttelte den Kopf: »Es war kein Hund, Herr Stuhl-richter!«

»Aber Wölfe gibt's hier doch nicht mehr bei uns!«

Die Alte drehte langsam den Kopf nach dem Mädchen und sagte dann mit scharfer Stimme: »Es mag auch wohl kein rechter Wolf gewesen sein!«

»Mutter! Mutter!«, rief das junge Weib; »Ihr habt mir doch immer gesagt, es sei die Hebammens-Gabriele gewesen, die ins Fenster gesehen habe!«

»Hm, Marika, ich sage auch nicht, dass sie es nicht gewe-sen ist.« Und die alte Frau verfiel wieder in ihr unverständli-ches Klagen und Murmeln.

»Was faselt Ihr, Mutter Váradi!«, rief Kedvesi.

Doch ich, als ich Gabriele so leblos mit ihrem kreidewei-ßen Gesicht und den roten Lippen dasitzen sah – der weiße Alp fiel mir ein aus der Heimat ihres Vaters an der unteren Donau, und ich hätte fast eingeworfen: »Ihr irrt Euch, ich weiß es besser, Mutter Váradi, sie hat ihm die Seele ausge-trunken; vielleicht ist er fort, um sie zu suchen!« Aber ich sagte nichts. Stattdessen fuhr der Stuhlrichter fort: »Erzählt mir ordentlich, wie wurde es denn weiter mit Euerem Hen-rik?«

»Mit meinem Henrik?«, wiederholte sie. »Nun, er griff ans Bettband und war auf einmal mit beiden Füßen auf der Diele. ›Lass *mich*, Henrik!‹, sagte ich. Aber er fuhr hastig in die Kleider: ›Nein, nein, Mutter, Ihr haltet den Bullen nicht!‹, und dabei hatte er immer die Augen nach dem Fens-terladen. Da stieß just der Sturm wieder gegen die Laden, und das Rumoren draußen im Stalle hub wieder an. Und mit einem tiefen Seufzer ging mein Henrik wie taumelig zur Türe hinaus.« –

Schon länger hatte ich bemerkt, dass Gabriele den Kopf wie lauschend gegen das Fenster hielt; jetzt hörte ich auch ein leises Klingen, wie von den Glöcklein eines Schlittens, der den Weg von der Heide heraufzukommen schien.

»Und seitdem«, fragte unterdessen Kedvesi weiter, »habt Ihr Eueren Sohn nicht mehr gesehen?«

Er erhielt keine Antwort, denn draußen waren nun für alle vernehmlich die Glöcklein zu hören, doch nur, um in demselben Augenblick vor dem Haus zu verstummen. Zugleich sah ich, wie am Fenster das Mädchen ihren Kopf aufreckte und mit weit aufgerissenen Augen hinausstarrte. Die Unschlittkerzen leuchteten nicht so weit, aber es fiel von außen eine Mondhelle durch die Scheiben. Die alte Bäuerin blieb mit offenem Munde stehen. Eine Weile war es lautlos still, dann wurden Männerstimmen auf dem Hausflur laut, die Stubentür wurde weit geöffnet, und ein breitschulteriger Mann trat auf die Schwelle. »Wir sind mit dem Henrik da«, sagte er; und erst, als er das Entsetzen auf den Gesichtern bemerkte, fügte er rasch hinzu, dass der Vermisste am Leben sei.

Weit draußen in der Heide hatte man ihn gefunden, verborgen im trockenen Schilf bei den Schwarzen Lacken, in deren dunklem Wasser den Sommer über die Unken so unheimlich riefen, die jetzt aber ganz von blankem Eise bedeckt waren. Er war hungrig und halb erfroren und hatte sich auf dem kalten Grund das Gliederreißen geholt.

Mutter Váradi wurde mit einem Mal wieder rege. Sie selbst brachte den verlorenen Sohn mit Marikas Hilfe zu Bett und wickelte ihn in warme Decken. István Kedvesi wollte sogleich den Arzt aus der Stadt holen lassen, doch die Alte in ihrem Bauernstolz wies das Ansinnen von sich. Eine

Kanne Kamillentee und ein paar Handvoll Kirchhofserde, meinte sie, würden ausreichen, um die Gesundheit ihres Jungen wiederherzustellen.

Unser Geschäft war damit für heute zu Ende. István ließ anspannen, während ich das Schreibzeug auf dem Tisch einsammelte. Gabrieles Platz am Fenster war leer; das Mädchen hatte sich offenbar von allen unbemerkt davongestohlen.

15

Immer noch hatte der Schnee seine weiße Decke über das Land ausgebreitet, ein gewaltiges Leichentuch, unter dem die niederen Häuser der Heidedörfer beinahe verschwanden. Der Karneval war gekommen mit seinen Tanzmusiken in jedem der Wirtshäuser, mit seinen Bällen für die Beamten, für die Arbeiter, für die Lohnkutscher, für die Handwerker, für die Bauern der umliegenden Dörfer.

Als Stuhlrichter nahm István Kedvesi an allen diesen festlichen Veranstaltungen teil. Und zu allen lud er mich ein, sein Begleiter zu sein.

Die letzte Woche des Karnevals führte uns zurück nach Középlak. In dem einzigen Gasthof des Dorfes, dessen größtes Gemach man notdürftig hergerichtet hatte, waren sämtliche Bauernburschen und -mädchen zum Tanz zusammengekommen. Einige Gutsbesitzer aus der Gegend, mit Frau und Töchtern, hatten sich auch zu dem Vergnügen gewagt, da es gefroren hatte und die Wege gut waren.

Wie ich mich in dem etwas düsteren Saal umschaute, erblickte ich unter den Gästen die ›schöne Gabriele‹, eine blitzende Spange im pechschwarzen Haar. Ein karmesinrotes Seidenkleid umrauschte ihre schlanke Gestalt. Von den anwesenden Burschen engagierte sie einer sogleich zum Tanz. Es war Henrik Váradi. Mich wollte bedünken, als ob er seit unserer letzten Begegnung, wie man bei uns sagt, bös verspielt habe. Das Gesicht war scharf und mager geworden, und die ohnehin kleinen Augen waren unter der vortretenden Stirn fast verschwunden. Er blieb neben der jungen

Frau stehen, und sie erzählte ihm etwas, von heftigen Gebärden begleitet, das ich aus der Entfernung nicht zu verstehen vermochte. Darauf trat er hart mit dem Fuß auf den Boden und murmelte etwas, das ich, auch ohne es zu hören, für einen Fluch erkannte. Gabrieles Augenbrauen waren ein wenig finster zusammengezogen und ihre Wangen lebhafter als sonst gerötet. Doch als endlich die Geiger, die in der Ecke des Saals saßen, die weiche melancholische Melodie des Csardas zu spielen begannen, wurde sie heiterer und mischte sich mit Henrik in die Reihe der Tanzenden.

Langsam, fast feierlich schritten die Paare im Saale dahin, der Bursch sein Mädchen an der Hand führend. Klagend wie der Laut des Windes, der über die Puszta weht, bei den einzelnen Absätzen ohne Schlussakkord wehmütig verhallend: so zogen die Töne durch den Raum. Plötzlich, ohne Übergang, in jähem Sprunge folgt ein feuriges Allegro – Melodie ist kaum darin zu erkennen, nur Rhythmus, nur Takt. Sich dem Tänzer rasch entwindend, flieht das Mädchen bis zum Ende des Raumes. Durch das Gewühl der Gruppen eilt er ihr tanzend nach, er erfasst ihre Hände, dreht sich wild ein paar Mal im Kreise, und wieder entfernen sie sich voneinander. Ihre Füße beschreiben wunderliche, bald regelmäßige, bald unregelmäßigere, immer aber graziöse Tanzfiguren, ihre dunklen Augen glühen, der schlanke Körper wiegt sich in unsagbarer Lust nach dem Takte der wilden Musik. Die Burschen jauchzen ihr »Eljen, Eljen!«, sie dringen in das Schlafgemach der Wirtin und reißen aus den Betten Tücher und Decken, um damit zu schwenken, zu wehen und sich über die glühende Stirn zu streichen, das gehört zum echten Csardas. – – Der Tanz ist aus – die erschöpften Musiker halten ein: »Noch einmal! Weiter!«, klingt und jauchzt es durcheinander. Ein im finsteren Winkel hockender, zerlumpter Bursche ergreift die Geige. Das Allegro wird wiederholt, der rasende Wirbel beginnt von neuem, der fidele Musikant lacht und singt und spielt dazu und mischt sich dann unter die Tanzenden, die Geige kreischt, die Tücher wehen, die Augen flammen »Csardas!«, die ungezügeltste, wildeste Lust wird ohne Nachdenken genossen bis zum letzten Tropfen, bis zur Erschöpfung.

Trübe brannten die Lichter durch Staub, Dunst und Tabaksqualm. Ich lehnte mich müde vom Zuschauen an ein Fenster. Nur zufällig bemerkte ich, dass Gabriele und ihr Tänzer verschwunden waren. Toller Jubel umschwirrte mich, draußen aber lag still die Heide in mitternächtlichem, winterlichem Schweigen. Dunkelblau, mit zahllosen flimmernden Sternen besät, wölbte sich der Himmel über der unabsehbaren weißen Fläche. Da huschte ein schwarzer Schatten darüber hin; es war ein Schlitten, soviel meine Augen erkennen konnten. Wie vom Sturm und gespenstischer Macht getrieben, flog er dahin, ein dunkler, immer kleiner werdender Punkt auf dem weißen Grunde, über den der Mond den kalten, klaren breiten Lichtstrom ausgoss. Der Wind fuhr auf und verwehte die schwarzen Furchen im Schnee – der Frost strich leise verwischend mit unsichtbarer starrer Hand darüber hin – verschwunden war das leicht eingedrückte Geleise, verschwunden der Schlitten, und verschwunden die ›schöne Gabriele‹ mit Henrik.

Der Morgen dämmerte herauf, sonnig und klar; die letzten Gäste hatten das Gasthaus verlassen, das nun doppelt schmutzig und verfallen aussah in der prachtvollen Beleuchtung.

Die ersten Tage der Fastenzeit schwanden dahin, der Schnee verging, feucht und schwarz lag die Erde auf den Feldern und in den Gärten der Dörfer – Henrik und Gabriele waren noch nicht heimgekehrt zu ihren Verwandten.

Ein Unglück befürchtend, suchte das ganze Dorf tagelang nach den Vermissten; draußen in der Heide, bei den Schwarzen Lacken und den Dämonengräbern und sogar im Eichwald von Málfa. Doch Sturm und Frost hatten sich in jener Karnevalsnacht vereint, um ihre Spur zu verlöschen. Henrik und Gabriele blieben verschollen. Endlich gelangte man zu der Überzeugung, sie seien heimlich in die Fremde gegangen und gewiss in der Menschenflut irgendeiner großen Stadt untergetaucht.

Ich selbst kehrte nicht lange darauf zurück nach Wien. Ich verabschiedete mich herzlich von István und von Graf Ivo. Nun, da der Winter rasch dem Ende entgegenging und nur noch hie und da ein gefrorener Schneestreif in den Ackerfurchen und unter den Zäunen lag, war der Graf wieder die Freundlichkeit und Zuvorkommenheit in Person. Dennoch war ich froh, der düsteren Gegend den Rücken zu kehren, und fest entschlossen, die schwarze Melancholie nie wieder bravieren zu wollen.

Ich ahnte nicht, wie bald schon ich Málfa und seine Bewohner wiedersehen würde.

LAURA VON ESCHENHEIN

16

Nach dem Tod meiner Mutter hatte mein Vater mich zur Erziehung in ein Pensionat gegeben. Acht Jahre brachte ich dort hinter hohen Gartenmauern und durch Jalousien verwahrten Fenstern damit zu, Französisch sprechen und sticken zu lernen. Danach kam ich als Gesellschafterin zu einer Gräfin Monkholm nach Graz.

Die Gräfin bewohnte ein graues, turmreiches Schloss am Rande der Stadt. Weinumrankte und buchendunkle Wege umgaben das uralte Gemäuer, und man wurde förmlich alt in seinen reichgesäeten Gängen und Höfen. Es wohnte niemand da als die Gräfin und sechs verwitterte Diener. Spukhaft umhauchte es einen da, und die Herrin in dem grauen, modergebrochenen Gewande, dem graufahlen Gesichte und den grauen Scheiteln erschien selber wie ein spukhaftes Wichtelweibchen. Sie stand im Ruf, eine Traumdeuterin zu sein, und verbrachte ihre Tage damit, sich und anderen die Karte zu legen. Damen und junge Frauen kamen oft aus der Stadt, um sich von der Alten die Zukunft vorausdeuten zu lassen. Sie führte die Besucherinnen dann in ihren intimen Salon, der selbst aussah wie ein aufgeschlagenes Traumbuch.

Fast zwei Jahre lang blieb ich bei der alten, traumverlorenen und traumgrübelnden Gräfin. Dann musste ich meine Stellung zugunsten einer ihrer Nichten aufgeben, die sich nach unglücklicher Ehe von ihrem Manne getrennt hatte und als Waise nun kein anderes Unterkommen wusste als bei der einsamen Tante.

Ich aber kehrte zurück zu meinem Vater nach Málfa.

Das Eichenbrausen des Waldes empfing mich wie vor langer, langer Zeit. Auch das Schloss selbst war unverändert, nur schien es mir, so dies überhaupt möglich war, noch stiller, öder und leerer geworden als ehedem. Es glich einem Juwelenkästchen, dessen Schlüssel in Verlust geraten war.

Ich bezog nicht mehr die alte Kinderstube, sondern machte das ehemalige Schlafzimmer meiner Mutter zu dem meinigen. Alles darin war sich gleichgeblieben. Das Bild Mircallas von Daruváry, die Opfergaben auf der Rokoko-Etagère unter demselben und der Schreibtisch. In einer kleinen Porzellanvase, die auf demselben stand, steckte sogar noch ein vertrocknetes Bouquet von Zyklamen wie eine Blumenmumie. Neben dem Bilde hing noch immer der alte, schwarze, staubige Kreppschleier herab.

Ich ließ alles, wie es war. Ich empfand eine Pietät für meine Mutter, die ich zuvor nicht gekannt hatte. Die einzige Veränderung, die ich vornahm, war, dass ich den alten gotischen Betstuhl aus dem Zimmer entfernen und in die Kapelle schaffen ließ.

Auch die Aussicht auf den Wald und den fernen, lichten Kirchturm Málfas war noch ganz wie ehedem. Die Eichenbäume fingen erst an zu knospen, man sah noch durch die leeren, aber schon braun-glänzenden Zweige. Die Krähen machten sich noch breit auf den schwarzerdigen Feldern, auf denen der letzte Schnee in schmalen Lachen zusammengeschmolzen war. Nur hie und da kam schon eine gelbe Wiesenblume neugierig zum Vorschein.

Wie ich an diesem ersten Abende in der Lichterstunde in meinem Schlafzimmer saß, da kam die Einsamkeit so todstill über mich. Ich las, aber ich konnte meine Gedanken nicht sammeln. Ich versuchte zu schreiben, aber meine Seele flog über das Papier hinaus in den finstern Abend, wo der Heidewind die Zweige aneinanderbrausen ließ, den verwehten Klang einer Glocke herantrug und manchmal wild gleichsam von der Erde zum Himmel auftoste. Ich stützte den Kopf in die Hand und schaute in das flackernde Licht der Lampe, das lebenshelle, langsame Blitze auf das blasse längstbegrabne Gesicht Mircallas von Daruváry warf.

17

Das Leben auf dem Schloss meines Vaters war ein einförmiges. Seit ich hierher zurückgekehrt war, lag mir eine beängstigende Stille ums Herz, die hier überall zu herrschen schien, trotz dem Geräusch der Diener und dem Säuseln des sonnenbeschienenen Laubes. Es war einsam hier, einsam zum Vergehen. – Der Eichwald war mir so unverständlich in seiner Blättersprache, die Mauern ragten so starr und gefängnisgleich in die Frühlingsluft, und die Zimmer, selbst die gemütlichsten, erschienen mir fremd, widerhallend und leer. Keine Freundin, keine liebe Bekannte war bei mir und teilte meine trostlose Einsamkeit; selbst die altersgraue Gräfin mit ihren Karten und den verwitterten Augen wäre mir nun eine willkommene Gefährtin gewesen.

So ging die Zeit voll trüber Schatten dahin. Schon schwammen weiße Sommerwolken im blauesten Grunde über die Marktflecken, Dörfer und Schlösser dahin, die Ähren gelbten und mancher Hagel zerschlug die fruchtschweren Halme in wirre Büschel. Sonnengedrückte Tage zogen ungesunde Dünste aus dem moorigen Boden, und die blieben fieberschwanger hängen über der Heide oder zogen sich vom lauen Sommerwind getrieben fieberschwanger nach bewohnten Stätten. Hin und wieder sah man die leichten eleganten Herrschaftswägen mit den aufgeputzten Pferden und den Bedienten in ungarisch-verbrämten Jacken zwischen Mórháza und den Heideschlössern hin und her fliegen. Wohin man auch schaute, stiegen die Lerchen zum Äther empor und ließen ihr jubelndes, jauchzendes

Schmettern erklingen. Wie beneidete ich da den Vogel, der frei über die Heide streifen durfte! Und auch wenn mein Vater es nicht gerne sah, schlich ich oft allein aus dem Schloss, um durch die glitzernde frische Heide zu wandern, wenn eben die Morgensonne ihr goldenes Strahlenmeer darüber ausgoss oder die roten Abendgluten durch dünne Dunst- und Wolkenschichten hindurchschimmerten.

An einem jener Sommerabende war ich länger als sonst gedankenverloren draußen herumgeschweift. Die Sonne war bereits untergegangen, die Dämmerung über der Heide hereingebrochen, als ich den Rückweg zum Schloss einschlug. Bei meiner Heimkehr stand der Mond schon hoch über dem Eichwald von Málfa. Am Tor des Schlosses traf ich auf Petruschka und Zosimus, den Verwalter, die ins Freie getreten waren, um die klare Mondnacht zu genießen. Mein Vater hatte sich zu ihnen gesellt, um Ausschau nach mir zu halten.

Als ich die Gruppe erreichte, befanden sie sich in lebhaftem Gespräche begriffen. Ich blieb bei ihnen stehen, um noch ein wenig auf die zauberische Klarheit der mondbeschienenen Heide hinauszuschauen. Petruschka, die alles Mystische und Poetische liebte, erklärte gerade, wenn der Mond so hell und intensiv leuchte wie heute, sei dies ein Zeichen besonderer spiritueller Aktivität. »Der Mond«, sagte sie, »ist diese Nacht voll metaphysischer und magnetischer Einflüsse – und sehen Sie, wenn Sie hinter sich auf die Fassade des Schlosses blicken, wie all seine Fenster mit silbernem Glanz blitzen und funkeln, als hätten unsichtbare Hände in den Zimmern die Lichter entzündet, um Gäste aus der Feenwelt zu empfangen.«

Mein Vater aber schüttelte den Kopf und murmelte düster: »Ich habe das Gefühl, als hänge ein großes Unglück bedrohlich über uns.«

In diesem Augenblick nahm plötzlich der Klang von Wagenrädern und Hufschlag unsere Aufmerksamkeit gefangen. Er schien auf der durch die Heide führenden Poststraße näherzukommen, und sehr bald schon kam an der westlichen Ecke des Eichwalds eine Kutsche in unser Blickfeld. Zwei Bediente ritten voran, dann folgte, von vier Pferden gezogen, die Kutsche und zuletzt noch einmal zwei berittene Diener.

Es schien der Reisewagen einer hochgestellten Persönlichkeit zu sein, und wir alle verfolgten gespannt das um diese Zeit und an diesem Ort ungewöhnliche Schauspiel. In der Spanne weniger Augenblicke wurde es noch um einiges interessanter, denn mit einem Mal schoss ein Uhu aus dem Eichwald hervor, das Pferd von einem der Voranreitenden bekam einen Schrecken davon, seine plötzliche Angst übertrug sich auf die übrigen Tiere, und nach ein, zwei raschen Sätzen verfiel das ganze Gespann in einen wilden Galopp, brach mitsamt der Kutsche zwischen den Vorausreitenden durch und kam in Sturmesgeschwindigkeit auf uns zugeschossen.

Aus den Fenstern der Kutsche drangen die langgezogenen Schreie einer weiblichen Stimme, die das Schauerliche der Szene noch verstärkten. Gleichermaßen von Neugier und Schrecken erfüllt, eilten wir den Bedrängten entgegen. Unsere Anspannung währte indessen nicht lange. Denn unmittelbar bei der Zufahrt zum Schloss steht an der einen Straßenseite ein prächtiger, einsamer Lindenbaum, an der anderen ein uraltes Steinkreuz. Indem nun die Pferde, welche mit angsterregender Geschwindigkeit voranpreschten, dem Kreuze auszuweichen versuchten, stieß eines der Wagenräder gegen eine vorstehende Wurzel des Baumes.

Ich wusste, was kommen würde, und schloss instinktiv meine Augen, um es nicht mit ansehen zu müssen. Im selben Augenblick hörte ich Petruschka, die mir ein Stück weit vorausgeeilt war, entsetzt aufschreien.

Die Neugier ließ mich doch wieder die Augen auftun, und ich erblickte ein heilloses Durcheinander. Zwei der Pferde waren zu Boden gegangen, die Kutsche lag auf ihrer Seite, mit zwei Rädern in der Luft, die Männer waren schon damit beschäftigt, den Pferden die Geschirre zu lösen, und eine Dame von imponierender Ausstrahlung und Gestalt stand händeringend neben dem verunglückten Fahrzeug, dem sie offenbar unverletzt entstiegen war.

Bei der Wagentür wurde unterdessen eine junge Frau herausgehoben, die bewusstlos zu sein schien. Man Vater war bereits an die ältere Dame herangetreten, um ihr seine Hilfe und alle im Schlosse zur Verfügung stehenden Mittel anzutragen. Sie schien ihn weder zu hören noch für irgendetwas Augen und Ohren zu haben als für das zierliche Mädchen, das eben vorsichtig gegen den Wagenkasten gelehnt wurde.

Ich kam ebenfalls näher heran; die junge Dame war allem Anscheine nach benommen, doch es war kein Zweifel, dass sie am Leben war. Mein Vater hatte ihr zwei Finger ans Handgelenk gelegt und erklärt, dass ihr Pulsschlag, zwar schwach und unregelmäßig, aber doch deutlich zu fühlen war. Die ältere Dame, die sich als ihre Mutter zu erkennen gab, ergriff ihre Hand und blickte zum Himmel, wie von plötzlicher Dankbarkeit hingerissen, doch gleich darauf brach sie wieder in jenes händeringende, theatralische Klagen aus, das ich schon zuvor an ihr beobachtet hatte.

Sie war eine für ihr Alter gutaussehende Frau, großgewachsen, wenn auch nicht schlank, und ganz in schwarzen Samt gekleidet. Ihr Gesicht war blass, besaß aber einen stolzen und gebieterischen Ausdruck, obwohl es eben heftig bewegt war.

»Wem ist je solches Unglück widerfahren?«, hörte ich sie zu meinem Vater sagen. »Ich befinde mich auf einer Reise, bei der es um Leben und Tod geht und bei der eine Stunde zu verlieren, möglicherweise *alles* zu verlieren bedeutet. Meine Tochter wird nicht rasch genug genesen sein, um die Fahrt ohne Verzug fortzusetzen. Ich bin gezwungen, sie hierzulassen, denn ich kann, ich darf die Weiterreise nicht aufschieben. Wie weit, mein Herr, ist es zum nächsten Dorfe? Ich muss sie dort lassen und werde meinen Liebling nicht wiedersehen oder auch nur von ihr hören bis zu meiner Rückkehr in drei Monaten.«

Ich zupfte meinen Vater am Rock und flüsterte ihm aufgeregt ins Ohr: »Vater, bitte sie doch, die junge Frau bei uns bleiben zu lassen – es wäre so herrlich, für einige Zeit eine Gefährtin zu haben!«

Mein Vater antwortete nichts, erfüllte aber doch meinen Wunsch: »Wenn Madame Ihr Kind der Fürsorge meiner Tochter anvertrauen wollen und ihr erlauben, bis zu Ihrer Rückkehr als unser Gast unter meiner Obhut zu bleiben, wird uns das eine Auszeichnung und eine Verpflichtung sein!«, sagte er zu der Fremden.

»Das kann ich nicht annehmen, mein Herr«, erwiderte jene; »es würde bedeuten, Ihre Freundlichkeit und Ritterlichkeit über Gebühr in Anspruch zu nehmen.«

»Im Gegenteil, Sie würden uns damit einen Gefallen erweisen. Meine Tochter sehnt sich hier in dem einsamen Schloss nach Gesellschaft; wenn Sie diese junge Dame unserer Obhut anvertrauen, wäre das ihre größte Freude. Zudem gibt es im nächstgelegenen Dorf kein Gasthaus, in dem Sie Ihre Tochter unterbringen könnten. Und noch eine größere Entfernung fortzureisen, können Sie ihr nicht erlauben, ohne sie einer Gefahr auszusetzen. Wenn Ihre Reise, wie Sie sagen, wirklich nicht den geringsten Aufschub duldet, so müssen Sie sich noch heute Nacht von ihrer Tochter trennen, und nirgends können Sie dies so unbesorgt tun wie hier.«

In der Zwischenzeit war die Kutsche wieder in aufrechte Position gebracht worden, und die Pferde waren, ganz fügsam, wieder angeschirrt.

Die Dame warf ihrer Tochter einen Blick zu, der mir nicht ganz so zärtlich erschien, wie man es nach dem Beginn des Vorfalls hätte erwarten können; dann winkte sie meinen Vater zur Seite und entfernte sich mit ihm zwei oder drei Schritte, außer Hörweite der anderen. Sie redete mit einer Miene auf ihn ein, die ernst und streng war, ganz anders als die, mit der sie bisher gesprochen hatte. Ich war erstaunt, dass mein Vater diese Veränderung an ihr nicht zu bemerken schien, und zugleich unsagbar neugierig, was sie ihm da mit so großem Ernst direkt ins Ohr sprach.

Nach kaum zwei oder drei Minuten wandte sie sich bereits wieder um und schritt zu der Stelle, wo ihre Tochter, von Petruschka gestützt, auf dem Boden lag. Sie kniete einen Augenblick neben ihr hin und flüsterte ihr, wie Petruschka zu hören vermeinte, einen kleinen Segen ins Ohr. Dem Mädchen noch rasch einen Kuss gebend, bestieg sie sodann ihren Wagen, die Tür wurde geschlossen, der Kutscher ließ die Peitsche knallen, und die Pferde stürmten in leichtem Galopp los, hinaus in die Nacht.

18

Wir sahen der Kutsche und ihrem Gefolge noch nach, bis sie sich schließlich im Dunkel verlor und auch das Geräusch der Hufe und der Räder in der stillen Nachtluft erstarb. Der einzige uns nun noch verbleibende Beweis, dass das ganze Abenteuer nicht bloß die Illusion eines Augenblicks gewesen, war die junge Dame, die just in diesem Moment die Augen öffnete. Ich konnte ihr Gesicht nicht erkennen, denn es war von mir abgewandt, doch ich sah, dass sie den Kopf hob, um sich umzusehen, und ich hörte, wie sie mit süßer, aber klagender Stimme fragte: »Wo ist Mama?«

Die gute Petruschka antwortete in einfühlsamem Ton und suchte das Mädchen nach Möglichkeit zu beruhigen.

»Wo bin ich«, hörte ich sie weiterfragen, »was ist das hier für ein Ort?« Und danach sagte sie: »Ich sehe nirgends die Kutsche; wo ist sie hin?«

Petruschka beantwortete all ihre Fragen, soweit sie es konnte. Allmählich kam der jungen Dame auch die Erinnerung an das Vorgefallene wieder. Sie war froh zu hören, dass niemand in der Kutsche oder im Gefolge verletzt war; doch als sie erfuhr, dass ihre Mutter sie bis zu ihrer Rückkehr in drei Monaten hiergelassen hatte, brach sie in Tränen aus.

Mein erster Impuls war, zu ihr zu gehen, um sie tröstend in den Arm zu nehmen, doch dann sagte ich mir, dass sie bei Petruschka in guten Händen war. Die Aufmerksamkeit zu vieler Personen auf einmal mochte die Fremde leicht überfordern. Ich nahm mir jedoch vor, sie auf ihrem Zimmer zu besuchen, sobald sie erst wohlbehütet im Bett lag.

Mein Vater hatte unterdessen einen Diener zu Pferd nach der Stadt geschickt, um den Arzt herbeiholen zu lassen, und Anweisung gegeben, ein Schlafzimmer für die junge Dame vorzubereiten. Diese erhob sich nun auch und ging, auf Petruschkas Arm gestützt, langsam zum Tor des Schlosses hinein. In der Eingangshalle standen schon Diener bereit, sie zu empfangen, und führten sie gleich auf das ihr zugewiesene Zimmer. Wir übrigen begaben uns in den Salon, um die Ankunft des Arztes zu erwarten.

Der Raum, den wir gewöhnlich als Salon nutzen, besitzt an der Frontseite vier Fenster, von denen aus man freien Blick auf die Heide hinaus hat. Er ist rundum mit Eichenholz getäfelt, mit großen, geschnitzten Schränken möbliert, und die Stühle sind mit purpurrotem Utrechter Samt gepolstert. In diesem herrschaftlichen, aber doch behaglichen Raum nahmen wir üblicherweise den Tee ein, denn aus einer patriotischen Neigung heraus bestand mein Vater darauf, dass neben Kaffee und Trinkschokolade auch das englische Nationalgetränk gereicht wurde.

Hier saßen wir nun also im Schein flackernder Kerzen beisammen, um uns über das eben Erlebte auszutauschen. Petruschka hatte sich ebenfalls wieder zu uns gesellt. Die junge Fremde war in tiefen Schlaf gesunken, kaum dass sie sich in ihr Bett gelegt hatte; und Petruschka hatte sie in der Obhut des Stubenmädchens gelassen.

»Wie gefällt Ihnen unser Gast?«, fragte ich, sobald sie eintrat. »Ich will alles über sie wissen!«

»Sie gefällt mir recht gut«, antwortete Petruschka, »ich meine fast, sie ist das hübscheste Geschöpf, das ich je gesehen habe; ungefähr in Ihrem Alter und dabei freundlich und sanftmütig.«

»Ist Ihnen aber aufgefallen, was für ein übel aussehender Haufen dagegen die Dienerschaft war?«, fragte Zosimus nun.

»Ja«, sagte mein Vater, »das waren desolat aussehende Gesellen, Galgenvögel wie aus dem Bilderbuche geschnitten. Ich hoffe nur, dass sie die arme Dame nicht im Schutze der Nacht ausrauben. Es waren aber doch geschickte Burschen, denn sie hatten alles im Handumdrehen wieder in Ordnung gebracht.«

»Sie werden von der langen Reise erschöpft gewesen sein«, wandte Petruschka ein.

»Abgesehen davon, dass sie keinen vertrauenserweckenden Eindruck machten«, entgegnete Zosimus, »waren ihre Gesichter so seltsam hager und düster. Ich muss gestehen, dass sie meine Neugier geweckt haben. Aber sicherlich wird uns die junge Dame morgen über alles Auskunft erteilen können, sofern sie ausreichend erholt ist.«

»Ich glaube nicht, dass sie das tun wird«, sagte mein Vater mit einem geheimnisvollen Lächeln, als wüsste er mehr, als er uns preisgeben wollte.

Das machte uns nur umso neugieriger auf das, was zwischen ihm und der Dame im schwarzen Samt gesprochen worden sein mochte, ehe sie so abrupt abgereist war. Wir drangen in ihn, es uns mitzuteilen. Es brauchte nicht lange, bis er unseren Bitten nachgab.

»Es gibt eigentlich keinen Grund, warum ich nicht davon sprechen sollte. Sie sagte, es widerstrebe ihr, uns die Pflege ihrer Tochter aufzuhalsen, denn das Mädchen sei nervenschwach und von zarter Gesundheit. Sie neige aber weder zu irgendwelchen Anfällen noch zu Halluzinationen – fügte die Dame von sich aus hinzu – und sei bei vollem Verstand.«

»Wie seltsam, so etwas zu sagen!«, warf ich ein. »Es gab doch gar keinen Anlass dazu.«

»Sie *hat* es jedenfalls so gesagt«, erwiderte er, »und da ihr alles wissen wolltet, was gesprochen wurde, gebe ich es unverfälscht wieder. Die Dame sagte dann weiter: ›Ich befinde mich auf einer langen Reise von *lebenswichtiger* Bedeutung, die schnell und geheim vonstattengehen muss.‹ Beim Wort ›geheim‹ hielt sie ein paar Sekunden lang inne und sah mir streng in die Augen. ›Ich werde in drei Monaten wieder hier sein, um meine Tochter abzuholen‹, fuhr sie fort; ›in der Zwischenzeit wird sie Stillschweigen darüber bewahren, wer wir sind, woher wir kommen und wohin wir unterwegs sind.‹ Das war alles, was sie sagte. Ihr habt ja gesehen, wie schnell sie weg war. Ich hoffe nur, es war keine Dummheit, die junge Dame in Obhut zu nehmen.«

Ich für meinen Teil war erfreut über den unerwarteten Gast. Ich sehnte mich danach, sie zu sehen, mit ihr zu sprechen, und konnte es kaum erwarten, dass der Arzt die Erlaubnis dazu erteilte. Wer in der Stadt oder auch nur an einem größeren Ort lebt, kann sich gar nicht vorstellen, mit welcher Begierde man auf einem einsamen Landschloss wie Málfa jeder neuen Bekanntschaft entgegensieht!

Der Arzt kam erst nach Mitternacht, aber ich hätte mich ebenso wenig zu Bett legen und schlafen können, wie ich zu Fuß den Wagen hätte einholen können, in dem die Dame in schwarzem Samt davongefahren war.

Als der Arzt in den Salon herunterkam, brachte er die beruhigende Nachricht, dass die Patientin bereits wieder aufrecht im Bett saß, regelmäßigen Puls hatte und allem Anschein nach vollkommen gesund war. Sie hatte keine Verletzungen davongetragen, und der leichte Schock, den ihr Nervenkostüm erlitten hatte, war ganz harmlos vorübergegangen. Es sprach daher nichts dagegen, dass ich sie auf ihrem Zimmer besuchte, falls wir beide dies wünschten. Nachdem ich diese Erlaubnis erhalten hatte, sandte ich gleich zu ihr, um anzufragen, ob sie mich auf einige Minuten empfangen wollte.

Der Bediente kam sofort mit der Botschaft zurück, dass

sie nichts sehnlicher wünsche. Ich zögerte keinen Moment, von dieser Erlaubnis Gebrauch zu machen.

Unsere Besucherin lag in einem der prächtigsten Zimmer des Schlosses. Es war fast ein wenig *zu* prächtig, um als Gästezimmer zu dienen. Dem Fußende des Bettes gegenüber hing ein düsterer alter Wandteppich, der Kleopatra mit der Schlange an der Brust darstellte. Eine Reihe weiterer tragischer Begebenheiten aus der Antike war, ein wenig verblasst, an den übrigen Wänden zu sehen. Davon abgesehen aber war der Raum mit so viel vergoldetem Schnitzwerk und so reichen Farben verziert, dass das Düstere der Wandteppiche mehr als wettgemacht wurde.

Die Fremde saß aufrecht im Bette; ihre schöne, schlanke Figur war in den weichen, mit Blumen bestickten Schlafrock aus Seide gehüllt, den ihre Mutter ihr über die Beine gebreitet hatte, als sie draußen noch auf dem Boden lag.

Ihr Gesicht war hübsch, sogar schön zu nennen und trug einen melancholischen Ausdruck. Doch dieser verwandelte sich augenblicklich zu einem Lächeln, als ich ans Bett trat, um sie zu begrüßen. Die Grübchen in ihren Wangen sahen ganz entzückend aus. Ich sagte ihr, wie sehr ihre zufällige Ankunft uns allen willkommen war, und was für eine Freude sie besonders für mich war. Während ich sprach, ergriff ich ihre Hand. Ich war ein wenig schüchtern, wie es einsame Menschen zu sein pflegen, aber die Situation machte mich gesprächig und sogar kühn.

Sie beantwortete meine Begrüßung recht artig und drückte mir mit leichtem Erröten die Hand. Ihre feinen dunklen Augen aber blickten mich voller Leidenschaft an.

Verwundert setzte ich mich zu ihr. Um die Wahrheit zu sagen, konnte ich selbst nicht recht fassen, was ich der schönen Fremden gegenüber empfand. Ich fühlte mich zu ihr hingezogen, doch gleichzeitig auf merkwürdige Art von ihr abgestoßen. In diesem zweideutigen Gefühl überwog jedoch das der Anziehung immens. Sie interessierte mich und gewann mich für sich; sie war so schön und so unbeschreiblich einnehmend.

Ich spürte jetzt aber, wie Mattigkeit und Erschöpfung wieder über sie kamen, und beeilte mich, ihr gute Nacht zu sagen.

»Der Arzt meint«, fügte ich hinzu, »dass heute Nacht jemand bei Ihnen wachen sollte. Ich werde Ihnen gleich unser Stubenmädchen heraufschicken.«

»Das ist sehr gütig von Ihnen, aber ich kann nicht schlafen, wenn noch jemand im Raum ist, ich konnte das schon als Kind nicht. Ich bedarf keinerlei Unterstützung für die Nacht – und, um noch eine Schwäche von mir einzugestehen, ich habe schreckliche Angst vor Dieben und Einbrechern. Unser Haus wurde einst ausgeraubt und zwei Diener ermordet; seitdem versperre ich nachts stets meine Tür. Es ist mir zur festen Gewohnheit geworden – ich hoffe, Sie werden so gütig sein, es mir nachzusehen. Ich habe bemerkt, dass ein Schlüssel im Schloss steckt.«

Sie nahm mich für einen Moment in ihre schönen Arme und flüsterte mir ins Ohr: »Gute Nacht, meine Liebe, es fällt mir schwer, mich von Ihnen zu trennen, aber ich werde Sie ja morgen schon wiedersehen.«

Mit einem Seufzen sank sie dann zurück in die Kissen, und ihre Augen sahen mir mit melancholischem Blick nach, bis ich die Türe erreicht hatte. Noch einmal murmelte sie: »Gute Nacht, liebe Freundin.«

19

Junge Leute fassen rasch Anhänglichkeit oder sogar Liebe
zueinander. Ich fühlte mich von der offensichtlichen, aber
noch durch nichts verdienten Zuneigung der Fremden ge-
schmeichelt. Mir gefiel die Vertraulichkeit, die sie mir von
Beginn an entgegenbrachte. Sie schien fest entschlossen,
dass wir enge Freundinnen werden sollten, und mir ging es
ebenso.

Wie verabredet, sah ich sie am Morgen nach ihrer Ankunft wieder. Im Licht des Tages fand ich sie noch hübscher
als in der Nacht zuvor; sie war gewiss das schönste Wesen,
das ich je gesehen hatte.

Etwas über der mittleren Körpergröße von Frauen, war
sie schlank und wunderbar anmutig. Abgesehen davon, dass
ihre Bewegungen träge – sehr träge – waren, deutete nichts
an ihrer Erscheinung darauf hin, dass sie noch eine Gene-
sende war. Ihr Teint war frisch und strahlend, ihre Gesichts-
züge waren fein und wohlgeformt; ihre Augen groß, dunkel
und glanzerfüllt; ihr Haar war wundervoll dunkel und dicht,
auch wenn sie es merkwürdig kurz trug, und nur ihre Stirn
von schwarzen Locken umspielt wurde. Wie liebte ich es, ihr
mit den Fingern durchs Haar zu fahren, wenn sie zurückge-
lehnt im Fauteuil saß und mit ihrer leisen, süßen Stimme
vor sich hin plauderte!

Ich war ganz entzückt von meiner neuen Gefährtin; bloß
die eine oder andere Kleinigkeit wollte mir an ihr nicht recht
gefallen.

Ich habe schon gesagt, dass mich ihr offenkundiges Vertrauen zu mir gleich in der ersten Nacht für sie einnahm. Bald aber fand ich, dass sie bei allem, was sie selbst, ihre Mutter oder ihre Herkunft betraf, ja, überhaupt bei allem, das mit ihrem eigenen Leben und ihren Plänen zusammenhing, die strengste Zurückhaltung wahrte. Mein Missfallen daran mag unberechtigt gewesen sein, vielleicht sogar falsch. Vielleicht hätte ich dem strengen Gebot, das die Dame im schwarzen Samt meinem Vater auferlegt hatte, mehr Respekt entgegenbringen sollen. Doch die Neugier ist ein hemmungsloses, rastloses Ding, und kein Mensch kann geduldig ertragen, dass die seinige fortwährend von jemand anderem enttäuscht wird. Was konnte es schon groß schaden, wenn sie mir verriet, was ich so heiß zu wissen begehrte? Hatte sie kein Vertrauen in mein Ehrgefühl oder meine Vernunft? Warum wollte sie mir nicht glauben, wenn ich ihr feierlich versicherte, dass ich keinem lebenden Wesen auch nur eine Silbe weitererzählen würde? Doch sie weigerte sich mit einer befremdlichen Kälte, mir auch nur den geringsten Einblick in ihre Lebensverhältnisse zu gewähren.

Das wenige, das sie mir erzählte, belief sich auf drei äußerst vage Enthüllungen:

Erstens, ihr Name war Carmilla.

Zweitens, ihre Familie war von hohem Alter und Adel.

Drittens, ihre Heimat lag Richtung Osten.

Den Namen ihrer Familie, die Farben ihres Wappens, den Namen ihres Stammsitzes oder auch nur des Landes, aus dem sie stammte, wollte sie jedoch um nichts in der Welt preisgeben.

Nun war es keineswegs so, dass ich sie ständig mit Fragen bedrängt hätte. Ich wartete ab, dass sich eine passende Gelegenheit bot, und brachte meine Erkundigungen mehr andeutungsweise als geradeheraus zur Sprache. Nur ein oder zweimal ging ich zum direkten Angriff über. Doch ganz gleich, welche Taktik ich anwendete, blieb mein Nachforschen zum Scheitern verurteilt. Ich muss aber hinzufügen, dass sie ihre Ausflüchte mit so lieblicher Melancholie und Nachlässigkeit vorbrachte, mit so vielen leidenschaftlichen Bekundungen ihrer Zuneigung und mit so vielen Beteuerungen, ich würde zu passender Zeit alles erfahren, dass ich ihr nie ernsthaft böse sein konnte.

Sie pflegte dann ihre hübschen Arme um meinen Hals zu legen, zog mich an sich, legte ihre Wange an meine und flüsterte mit ihren Lippen an meinem Ohr: »Meine Liebste, Ihr kleines Herz ist verwundet; halten Sie mich nicht für grausam, weil ich dem unnachgiebigen Gesetz meiner Stärke und Schwäche gehorchen muss. Wenn Ihr liebes Herz verwundet ist, blutet mein wildes Herz mit ihm. Trachten Sie daher für eine Weile, nicht mehr über mich und meine Verhältnisse herausfinden zu wollen, sondern vertrauen Sie mir mit Ihrer ganzen liebenden Seele.«

Und wenn sie mit ihrer schwärmerischen Rede zu Ende war, schloss sie mich noch fester in ihre zitternde Umarmung, und ihre Lippen glühten in sanften Küssen auf meiner Wange.

Ihre Worte und ihre Erregung waren mir in solchen Augenblicken vollkommen unverständlich. Ich versuchte mich dann stets aus ihrer törichten Umarmung zu lösen, doch reichte meine Kraft nicht dafür. Ihre geflüsterten Worte drangen mir wie ein Schlaflied ins Ohr und mein Widerstand wich einer sanften Ermattung, die ich erst wieder ablegen konnte, wenn Carmilla mich aus ihrer Umarmung entließ.

In dieser geheimnisvollen Stimmung konnte ich sie nicht ausstehen. Ich empfand eine seltsame, stürmische Erregung, die mir zwar in manchen Momenten angenehm war, in die sich aber ein vages Gefühl von Ekel und Angst mischte. Ich weiß, das klingt paradox, doch besser vermag ich das Gefühl nicht zu beschreiben.

Manchmal nahm meine seltsame und schöne Gefährtin auch nach einer Stunde der Teilnahmslosigkeit meine Hand und drückte sie liebevoll, wieder und wieder. Sie errötete dabei leicht, sah mir mit glühendem Blick ins Gesicht und atmete so rasch, dass ihr Kleid sich unter den stürmischen Atemzügen hob und senkte. Es war, als hätte sie die heiße Leidenschaft eines Verliebten erfasst; es machte mich verlegen; es war ein widerwärtiges und doch überwältigendes Gefühl; und mich mit den Augen verschlingend, zog sie mich dann an sich, und ihre heißen Lippen bedeckten meine Wange mit Küssen; und beinahe schluchzend flüsterte sie: »Du bist mein, du *wirst* mein sein, du und ich sind für immer eins.« Dann presste sie ihren Kopf gegen die Lehne des Sessels, bedeckte ihre Augen mit ihren kleinen Händen und ließ mich zitternd zurück.

»Sind wir verwandt?«, pflegte ich sie zu fragen. »Was können Sie nur mit alledem meinen? Ich erinnere Sie vielleicht an jemanden, den Sie lieben; aber Sie dürfen das nicht, ich kann es nicht leiden. Wenn Sie mich so ansehen und so merkwürdig reden, dann kenne ich Sie nicht wieder – kenne mich selbst nicht mehr wieder.«

Sie seufzte dann nur, wandte sich ab und ließ meine Hand los.

Vergebens bemühte ich mich, eine überzeugende Erklärung für diese außergewöhnlichen Anfälle zu finden – als bloße Affektiertheit oder Verstellung konnte ich sie nicht abtun. Es handelte sich unverkennbar um das plötzliche, vorübergehende Aufbrechen eines unterdrückten Instinkts oder Gefühls. Litt sie ungeachtet der Beteuerungen ihrer Mutter doch an kurzzeitigen Ausbrüchen des Wahnsinns? Oder handelte es sich um eine romantische Verstrickung und Maskerade? Was, wenn ein verliebter Jüngling sich als Frau verkleidet ins Haus eingeschlichen hatte, um heimlich seine Liebeswerbung voranzutreiben? Ich hatte in Romanen und Novellen von solchen Dingen gelesen. Aber es gab zu viele Dinge, die gegen diese Hypothese sprachen.

Denn abgesehen von den kurzen Perioden geheimnisvoller Aufregung war Carmillas Verhalten ganz mädchenhaft. Zwischen jenen leidenschaftlichen Momenten lagen stets lange Intervalle der Alltäglichkeit, der Fröhlichkeit oder grüblerischer Melancholie, in denen Carmilla mir keine Beachtung schenkte, außer dass ich hin und wieder bemerkte, wie ihre Augen mich voll von melancholischem Feuer verfolgten.

Auch in anderer Hinsicht waren Carmillas Gewohnheiten seltsam. Sie kam morgens erst spät aus ihrem Zimmer herunter, oft sogar erst um ein Uhr. Sie nahm dann eine Tasse Schokolade zu sich, aß sonst jedoch nichts. Danach unternahmen wir einen Spaziergang, der sich aber meist darin erschöpfte, dass wir einmal ums Schloss herumschlenderten und uns anschließend auf einer Rasenbank unter den Eichbäumen niederließen, um uns zu unterhalten.

Carmilla war lebhaft im Reden und Denken und von sprühender Intelligenz. Manchmal spielte sie im Gespräch kurz auf ihre Herkunft an oder erwähnte irgendein Erlebnis oder eine frühe Erinnerung, die darauf schließen ließen, dass sie unter einem Volk mit fremdartigen Gebräuchen aufgewachsen war. Ich gewann aus diesen wenigen zufälligen Hinweisen den Eindruck, dass ihre Heimat abgelegener war, als ich zunächst geglaubt hatte.

Als wir eines Nachmittags wieder so beieinandersaßen, scheuchte uns ein plötzlich einsetzender Regenguss zurück ins Schloss. Im Salon fanden wir meinen Vater im Lesesessel eingeschlafen. Um ihn nicht zu stören, begaben wir uns auf mein Zimmer, was wir sonst nicht zu tun pflegten. Ohne erst meine Erlaubnis abzuwarten, hatte Carmilla auf meinem Bette Platz genommen, während ich noch hinter uns die Türe schloss. Den Raum überschauend, fiel mein Blick erst auf sie, dann auf das altbekannte Porträt der Gräfin Mircalla, und – ich weiß nicht, wie es mir bis dahin entgangen war – ich erkannte die auffälligste Ähnlichkeit zwischen dem Bildnis und meiner Gefährtin.

»Carmilla«, rief ich aus, »ist das nicht zum Verwundern! Das sind doch leibhaftig Sie auf dem alten Gemälde!« Je länger ich das Bild betrachtete, desto größer wurde mein Erstaunen, denn sogar das kleine Muttermal an Carmillas Hals fand sich darin wieder.

Sie aber schien meine Erregung gar nicht zur Kenntnis zu nehmen, schien meine überraschten Ausrufe gar nicht zu hören. Sie sah mich nur unter den langen Wimpern hindurch nachdenklich an und lächelte in einer Art von Verzückung. Erst als ich den Namen der Porträtierten nannte, horchte sie auf.

»Ah!«, sagte sie beiläufig, »so bin ich wohl eine entfernte Nachkommin oder wenigstens eine weitschichtige Verwandte. Wenn ich mich nicht täusche, erwähnte meine Mutter einmal, dass wir von den Daruváry abstammen. Leben denn jetzt noch Mitglieder dieser Familie?«

»Niemand, der noch den Namen trägt, glaube ich. Soweit ich weiß, starb der letzte männliche Erbe schon zur Zeit Maria Theresias unter geheimnisvollen Umständen.«

»Wie interessant«, sagte sie, fragte aber nicht weiter danach und fuhr fort, von anderen Dingen zu sprechen. Sie war lebhaft wie eh und je, und der Rest des Nachmittags ging vorüber, ohne dass wir nochmals auf das Gemälde zurückkamen.

Als der Abend herangekommen war, fragte sie, ob wir

nicht noch eine Runde um das Schloss drehen wollten. Es hatte wieder aufgeklart, und der Mond goss ein zauberisches Licht über die ganze Umgebung. Beide einen Arm um die Hüfte der anderen gelegt, schlenderten wir schweigend ein kleines Stück vom Schloss weg Richtung Heide, wo sich die Landschaft weit vor uns öffnete.

»Es ist eine Nacht gerade wie jene, in der Sie zu uns gekommen sind«, sagte ich.

Carmilla seufzte lächelnd. »Und sind Sie froh, dass ich gekommen bin?«, flüsterte sie, während sie ihren Arm enger um meine Taille legte und ihren hübschen Kopf auf meine Schulter sinken ließ.

»Wie romantisch Sie sind«, antwortete ich. »Wenn Sie mir endlich einmal Ihre Geschichte erzählen werden, wird sie gewiss wie ein Liebesroman sein.«

»Ich war nie in jemanden verliebt und werde es auch nie sein«, flüsterte sie, »es sei denn, es wäre in Sie.«

Wie schön sie im Mondlicht aussah! Schüchtern und seltsam war der Blick, mit dem sie rasch ihr Gesicht in meinem Haar und meinem Nacken verbarg. Unter stürmischen Seufzern drückte sie meine zitternde Hand, und ihre weiche Wange glühte an meiner.

»Liebling, Liebling«, murmelte sie, »ich lebe in dir; und du würdest für mich sterben, so sehr liebe ich dich.«

Da war sie wieder, ihre Verliebtheit; jene verrückten Reden und Blicke, die mich so verlegen machten und mir oft sogar Angst einflößten. – Ich riss mich von ihr los und eilte zum Schlosstor zurück.

20

In jener Nacht hatte ich einen Traum, der den Beginn eines seltsamen Leidens darstellte.

Einen Albtraum kann ich es eigentlich nicht nennen, denn ich war mir die ganze Zeit über bewusst, dass ich mich in meinem Zimmer befand und in meinem Bette lag. Der Raum und alle seine Möbel sahen genauso aus wie vor dem Schlafengehen, nur dass es sehr dunkel war und dass ich zu sehen glaubte, wie sich am Fußende des Bettes etwas bewegte, das ich nicht genau erkennen konnte. Doch bald sah ich, dass es ein rußschwarzes Tier war, das einer riesigen Katze glich. Es schien mir etwa vier oder fünf Fuß lang zu sein, denn es maß die volle Länge des Kaminvorlegers, als es über diesen hinwegschritt; und es schlich beständig mit der geschmeidigen, finsteren Unruhe eines im Käfig gefangenen Tieres auf und ab. Obwohl ich unsägliche Angst hatte, war es mir unmöglich zu schreien. Der Schritt des Tieres wurde unterdessen schneller und schneller, der Raum dunkler und dunkler und endlich so dunkel, dass ich von dem Tier nichts mehr erkennen konnte als seine Augen. Ich spürte, wie es aufs Bett sprang. Die beiden großen Augen näherten sich meinem Gesicht, und plötzlich spürte ich einen stechenden Schmerz, als ob zwei große Nadeln im Abstand von ein oder zwei Zoll tief in meine Brust schössen. Mit einem Schrei wachte ich auf.

Das Zimmer war von der Kerze erhellt, die dort die ganze Nacht über brannte, und ich sah am Fuße des Bettes eine weibliche Gestalt stehen. In einem dunklen, lose sitzenden

Kleid stand sie so still und unbewegt da wie ein Felsblock. Nicht einmal der leiseste Atemzug bewegte die Luft. Wie ich sie anstarrte, schien die Gestalt ihren Platz gewechselt zu haben und befand sich nun näher zur Tür, dann öffnete sich diese, und die Gestalt verschwand.

Ich fühlte mich erleichtert und konnte wieder aufatmen und mich wieder bewegen. Mein erster Gedanke war, dass Carmilla mir einen Streich gespielt hatte. Ich eilte zur Tür, riss sie auf – und fand den langen mondbeschienenen Gang davor leer. Nun kehrte das Entsetzen wieder zurück. Ich sprang ins Bett, verbarg meinen Kopf unter der Decke und lag mehr tot als lebendig bis zum Morgen so da.

Den ganzen nächsten Tag hielt ich es nicht einen Augenblick lang aus, alleine zu sein. Dennoch erwähnte ich den anderen gegenüber nichts von dem nächtlichen Erlebnis; der guten Petruschka fiel aber wohl auf, dass ich niedergeschlagen und nervös war. Nach langem Drängen erzählte ich ihr endlich, was mir so schwer auf dem Herzen lag. Sie lachte darüber, doch mir schien, dass sie insgeheim ein wenig besorgt war.

Es ist mir selbst rätselhaft, wie ich mein Entsetzen so schnell überwand, dass ich die folgende Nacht wieder allein in meinem Zimmer zubringen konnte. Übermüdet wie ich war, schlief ich fast sofort ein und schlief die ganze Nacht lang tiefer als sonst.

Die nächste Nacht verbrachte ich ebenso gut. Mein Schlaf war wunderbar tief und traumlos. Am Morgen aber erwachte ich mit einem Gefühl von Mattigkeit und Melancholie, das jedoch nicht unangenehm war.

So ging es einige Nächte lang weiter; ich schlief tief und fest, verspürte aber am Morgen eine Erschöpfung, die den ganzen Tag über anhielt. Ich fühlte mich ganz verändert. Eine seltsame Schwermut kam über mich, düstere Gedanken an den Tod gingen mir durch den Kopf, und die Vorstellung, dass ich langsam verwelke, ergriff von mir Besitz.

So traurig diese Vorstellung war, so war sie mir auf merkwürdige Art doch auch willkommen, und meine Seele gewöhnte sich bald daran. Dass ich krank sei, wollte ich mir nicht eingestehen. Meinem Vater gegenüber ließ ich nichts von meinen Beschwerden verlauten, und als die aufmerksame Petruschka nach dem Arzt senden wollte, lehnte ich es geradewegs ab.

Carmilla war anhänglicher denn je, und ihre seltsamen Anfälle übertriebener Zuneigung häuften sich. – Je mehr mein Mut und meine Kräfte versiegten, desto mehr Gefallen schien sie an mir zu finden.

Wohnte meinem Zustand anfangs noch ein gewisser Zauber inne, der mich mit meiner fortschreitenden Ermattung versöhnte, mischte sich allmählich doch mehr und mehr ein Gefühl des Grauens darunter, das bald meinem ganzen Dasein eine düstere Färbung verlieh. Es begann damit, dass ich im Schlaf von merkwürdigen Sinneswahrnehmungen heimgesucht wurde. Die vorherrschende war ein eigentümlicher, angenehmer Kälteschauer, wie man ihn empfindet, wenn man beim Baden gegen die Strömung eines Flusses anschwimmt. Dazu gesellten sich bald anhaltende Träume, die jedoch so undeutlich waren, dass ich mich nie recht erinnern konnte, wer mir in ihnen begegnet oder was in ihnen geschehen war. Doch sie hinterlassen ein Gefühl des Entsetzens und der Erschöpfung, gerade als läge eine Zeit großer Anstrengung und Gefahr hinter mir.

Nach all diesen Träumen blieb mir beim Erwachen nur die Erinnerung, an einem dunklen Ort gewesen zu sein und mit Menschen gesprochen zu haben, die ich nicht sehen konnte; und besonders erinnerte ich mich einer klaren weiblichen Stimme, die tief und langsam, wie aus großer Ferne zu mir sprach und das immer gleiche Gefühl unbeschreiblicher Feierlichkeit und Angst in mir hervorrief. Manchmal fühlte es sich an, als würde eine Hand sanft über meine Wange und meinen Hals streichen. Manchmal war es, als ob warme Lippen mich küssten; und die Küsse schienen immer länger und liebevoller zu werden, sobald sie meinen Hals erreichten, wo die liebkosenden Lippen dann zu verweilen pflegten. Mein Herz schlug dann schneller, mein Atem stieg und fiel rascher; bis endlich ein Gefühl des Erstickens hinzukam und sich zu einem schrecklichen Krampf steigerte, der mir die Sinne raubte und mich bewusstlos zurückließ.

Nachdem mein Zustand schon einige Wochen lang angehalten hatte, begann mein Leiden sich auch in meiner äußern Erscheinung zu zeigen. Ich war blass geworden, meine Augen waren geweitet und von dunklen Ringen umschattet, und die Mattigkeit, die ich seit langem empfand, zeichnete sich immer deutlicher in meinem Gesicht ab. Selbst meinem Vater fiel diese Veränderung auf, und er fragte mich öfter, ob ich denn krank sei; aber mit einer Hartnäckigkeit, die mir selbst schwer zu erklären fällt, beharrte ich ihm gegenüber darauf, dass ich ganz wohl sei. In gewisser Weise stimmte das auch. Ich hatte keine Schmerzen, ich konnte mich über kein körperliches Gebrechen beklagen. Meine Beschwerden schienen einzig meiner Einbildungskraft zu entspringen, und so schrecklich mein Leiden auch war, behielt ich es mit fast krankhafter Zurückhaltung für mich.

21

Eines Nachts hörte ich anstelle der Stimme, die ich im Traume zu hören gewohnt war, eine andere, die süß und zart, doch zugleich schrecklich klang; sie sagte: »Deine Mutter warnt dich, dich vor dem Ungeheuer in Acht zu nehmen!« Gleichzeitig ging unerwartet ein Licht an, und ich sah Carmilla in ihrem weißen Nachthemd am Fußende meines Bettes stehen, vom Kinn bis zu den Füßen in einen einzigen großen Blutfleck getaucht.

Mit einem Schrei wachte ich auf, überzeugt, dass Carmilla ermordet worden sei. Ich erinnere mich noch, dass ich aus dem Bett sprang, doch das Nächste, was ich weiß, ist, wie ich draußen im Korridor stand und um Hilfe rief.

Petruschka und das Stubenmädchen kamen erschrocken aus ihren Zimmern geeilt. Ich schilderte ihnen den Grund meines Entsetzens und bestand darauf, an Carmillas Türe zu klopfen, um nach ihr zu sehen. Unser Klopfen blieb unbeantwortet. Wir riefen laut ihren Namen, und unser Klopfen steigerte sich zu einem heftigen Pochen. Alles vergeblich.

Wir wurden nun ernsthaft besorgt, denn Carmillas Tür war versperrt. Der Aufruhr, den wir veranstalteten, hatte unterdessen auch Zosimus und die übrige Dienerschaft herbeigerufen. Nachdem wir noch einmal vergeblich an der Türe gepocht und Carmillas Namen gerufen hatten, befahl ich den Dienern, das Schloss aufzubrechen. Sie taten es, und mit Lichtern in den Händen standen wir in der offenen Tür und blickten ins Zimmer hinein.

Wir riefen nochmals nach der Gesuchten, doch es kam

immer noch keine Antwort. Wir sahen uns im Raum um; er war leer und das Bett unberührt. Alles war noch in demselben Zustand, wie ich es verlassen hatte, als ich Carmilla »Gute Nacht« gesagt hatte. Carmilla jedoch war verschwunden.

Petruschka vermutete, dass Carmilla vielleicht durch den Lärm an ihrer Tür geweckt worden war und sich in ihrem ersten Schrecken in einem Schrank oder hinter einem Vorhang versteckt hatte. Wir durchsuchten das Zimmer daher aufs Genaueste und begannen wieder, ihren Namen zu rufen. Es war alles umsonst. Auch die Fenster unterzogen wir einer genauen Inspektion, doch sie waren geschlossen und von innen verriegelt. Unsere Ratlosigkeit und Aufregung nahmen zu. Hatte Carmilla am Ende einen jener geheimen Gänge entdeckt, von denen die Legende besagte, dass sie im Schloss in großer Zahl existierten, obwohl nicht einmal Zosimus und Petruschka mit ihrer genauen Lage vertraut waren? Ich erinnerte mich an die Tapetentür und die verborgene Treppe, die ich als Kind hinter meinem Kasten entdeckt hatte. Doch nichts wies darauf hin, dass die Kästen in Carmillas Schlafzimmer bewegt worden waren, und wie hätte sie aus einem Geheimgang heraus ein so schweres Möbelstück allein wieder zurechtrücken können? Nein, ich war nun überzeugt, dass sie sich nicht in ihrem Zimmer befand, und auch nicht in dem zugehörigen Ankleideraum, dessen Tür von unserer Seite her abgesperrt war.

Es war inzwischen vier Uhr vorbei, und es blieb uns nichts übrig, als wieder zur Ruhe zu gehen. Mit der Zeit würde sich gewiss alles aufklären, so ratlos und verwirrt wir auch im Augenblick waren.

Auch der nächste Morgen brachte jedoch keine Erklärung für das Rätsel der Nacht. Der ganze Haushalt, angefangen bei meinem Vater, befand sich in heller Aufregung. Wir suchten nun im ganzen Schloss nach Carmilla, doch nirgends konnten wir eine Spur von ihr entdecken. Mein Vater war ganz zerstreut: Wie sollte er der Mutter bei ihrer Rückkehr das Verschwinden des Mädchens erklären? Auch ich war ganz außer mir, obwohl mein Kummer von gänzlich anderer Art war.

So verging der Vormittag voller Sorge und Unruhe. Gegen ein Uhr, da man sich gerade anschickte, die Suche auf die Heide und den Eichenwald auszudehnen, trieb mich ein unbekannter Impuls noch einmal zurück auf Carmillas Zimmer, und – ich fand sie an ihrem Toilettentisch stehend. Ich wollte schier meinen Augen nicht trauen! Ohne ein Wort zu sagen, winkte sie mich mit ihrem hübschen Finger zu sich. In ihrem Gesicht drückte sich große Angst aus.

Freudetaumelnd lief ich zu ihr. Ich küsste und umarmte sie wieder und wieder. Dann lief ich zur Glocke, um nach dem Stubenmädchen zu läuten, damit sie meinem besorgten Vater sogleich die gute Nachricht überbrächte.

»Liebe Carmilla«, rief ich aus, »wo bist du die ganze Zeit über gewesen? Und wie bist du zurückgekommen? Wir waren in quälender Sorge um dich!«

»Die vergangene Nacht war sehr wunderlich«, sagte sie.

»Um Himmels willen, erkläre alles, so gut du kannst.«

»Es war zwei Uhr vorbei«, begann sie nun, »als ich wie gewöhnlich in meinem Bett schlafen ging. Die Tür meines Zimmers und die des Ankleideraums waren wie immer verschlossen. Ich schlief tief und fest, ohne zwischendurch aufzuwachen und, soweit ich mich erinnern kann, traumlos; aber ich erwachte gerade eben auf dem Sofa dort im Ankleideraum und fand die Tür zwischen den Zimmern offen, die andere Tür jedoch aufgebrochen. Wie konnte das alles geschehen, ohne dass ich davon geweckt wurde? Es muss doch von großem Lärm begleitet gewesen sein, und ich werde für gewöhnlich vom kleinsten Geräusch aus dem Schlaf gerissen. Und wie konnte ich aus dem Bett auf das Sofa getragen werden, ohne dass ich davon wach wurde, da ich doch sonst bei der geringsten Bewegung erschrecke?«

In der Zwischenzeit waren auch mein Vater, Petruschka und einige Diener zu uns gestoßen. Carmilla wurde naturgemäß von allen mit Fragen überhäuft. Doch sie vermochte auch den anderen nicht mehr zu erzählen als mir und wusste sich das Vorgefallene selbst am allerwenigsten zu erklären.

Als mein Vater die Dienerschaft wieder weggeschickt hatte und Petruschka gegangen war, um Riechsalz und ein Fläschchen Baldrian herbeizuschaffen, nahm er freundlich Carmillas Hand und führte sie zum Sofa. Nachdenklich setzte er sich zu ihr und sagte:

»Erlauben Sie mir, eine Vermutung zu wagen und eine Frage zu stellen?«

»Wer könnte besseres Recht dazu haben als Sie?«, gab sie zur Antwort. »Fragen Sie, was immer Sie wollen, ich will Ihnen über alles Auskunft erteilen, soweit es nichts betrifft, über das meine Mutter Stillschweigen geboten hat. Doch allzu viel kann ich Ihnen über die letzte Nacht wohl nicht sagen, denn meine Erinnerungen daran sind dunkel und wirr.«

»Natürlich, mein liebes Kind«, sagte mein Vater. »Nun, das Unerklärliche der vergangenen Nacht besteht darin, dass Sie aus Ihrem Bett und Ihrem Zimmer entfernt wurden, ohne dabei geweckt zu werden, und dass all dies geschah, während die Fenster und Türen verschlossen waren. Ich will Ihnen meine Theorie darlegen und eine Frage stellen.«

Carmilla stützte sich nachlässig auf ihre Hand; ich hörte atemlos zu.

»Nun, meine Frage ist folgende: Gab es jemals Anlass zu der Vermutung, dass Sie Schlafwandlerin sind«

»Nicht seit ich ein kleines Kind war.«

»Doch als Sie noch sehr jung waren, kam es vor, dass sie schlafwandelten?«

»Ja, ich kann mich zwar nicht daran erinnern, doch meine alte Amme hat später oftmals davon erzählt.«

Mein Vater lächelte und nickte.

»Nun, was geschehen ist, ist Folgendes. Sie sind im Schlafe aufgestanden, haben die Tür aufgeschlossen, den Schlüssel aber nicht wie sonst im Schloss steckengelassen, sondern ihn herausgezogen und von außen abgeschlossen. Dann zogen sie den Schlüssel wieder heraus und nahmen ihn mit sich in eines der unzähligen Zimmer auf diesem Stockwerk oder vielleicht in eins der anderen Geschoße. Es gibt hier so viele Zimmer und Schränke, so viele schwere Möbel und solche Ansammlungen von Gerümpel, dass es eine Woche dauern würde, das Gebäude gründlich zu durchsuchen. Verstehen Sie, was ich meine?«

»Ja, aber nicht alles«, antwortete sie.

»Und wie, Papa, erklärst du dir«, warf ich ein, »dass sie auf dem Sofa im Ankleideraum aufgewacht ist, den wir doch sorgfältig durchsucht hatten?«

»Sie begab sich, immer noch schlafwandelnd, dorthin, nachdem ihr den Raum untersucht hattet, und war bei ihrem Erwachen genauso überrascht, sich auf dem Sofa wiederzufinden, wie irgendwer sonst. Ich wünschte, alle Geheimnisse wären so einfach und unschuldig erklärt wie Ihre, Carmilla«, sagte er lachend. »Die Erklärung des Vorfalls ist also eine ganz natürliche und kommt ohne Hexerei, ohne manipulierte Schlösser oder Betäubungsmittel, ohne Einbrecher oder Giftmörder aus.«

22

Als wir später am Nachmittag im Salon zusammenkamen, um wie gewohnt unseren Kaffee und unsere Schokolade einzunehmen, schien Carmilla wieder ganz sie selbst zu sein. Petruschka gesellte sich zu uns, um eine Partie Karten zu spielen, während mein Vater seinen Tee zu sich nahm.

Nachdem wir unser Spiel beendet hatten, setzte er sich zu Carmilla aufs Sofa und erkundigte sich, ob sie seit ihrer Ankunft von ihrer Mutter gehört habe.

Sie antwortete, »Nein, leider nicht.« Und zögernd setzte sie hinzu: »Um die Wahrheit zu gestehen, habe ich schon daran gedacht, Sie zu verlassen. Sie haben mir bereits zu viel Gastfreundschaft erwiesen, und ich habe sie Ihnen bloß mit unendlich vielen Schwierigkeiten vergolten. Nein, gleich morgen nehme ich eine Kutsche und reise meiner Mutter hinterher; ich weiß, wo ich sie letztendlich finden kann, auch wenn ich es Ihnen nicht zu verraten wage.«

»Aber daran dürfen Sie nicht einmal im Traume denken!«, rief mein Vater zu meiner großen Erleichterung aus. »Ich kann nicht zustimmen, dass Sie uns verlassen, es sei denn unter der Obhut Ihrer Mutter. Sie wissen doch, ich habe ihr versprochen, Sie hierzubehalten, bis sie selbst zurückkehren wird. Und Ihr Abschied würde uns allen zu schwerfallen, um ihm leichtfertig zuzustimmen.«

»Haben Sie tausend Dank für Ihre Gastfreundschaft«, antwortete sie ihm mit einem verschämten Lächeln. »Sie sind alle viel zu gütig zu mir. Ich war in meinem ganzen Leben selten so glücklich wie in Ihrem schönen Schloss, unter

Ihrer Obhut und in der Gesellschaft Ihrer liebenswürdigen Tochter.«

Damit war die Sache zu meiner Zufriedenheit abgemacht; auch mein Vater schien über Carmillas kleine Rede erfreut und küsste auf seine altmodische Art ihre Hand.

Abends begleitete ich Carmilla wie gewöhnlich auf ihr Zimmer und unterhielt mich mit ihr, während sie sich bettfertig machte.

»Glauben Sie«, sagte ich endlich, »dass Sie sich mir jemals ganz anvertrauen werden?«

Sie lag da, ihre feine Hand unter der Wange, ihr Kopf auf dem Kissen, und ihre glitzernden Augen folgten mir, wohin ich mich auch bewegte, mit einem Lächeln, das ich nicht zu entziffern vermochte.

»Ich kann Ihnen keine Antwort geben, die Ihnen willkommen wäre«, erwiderte sie. »Sie wissen ja gar nicht, wie lieb Sie mir sind, doch ich bin durch ein strenges Gelübde gebunden und wage noch nicht, meine Geschichte zu erzählen, – nicht einmal Ihnen. Aber die Zeit ist nahe, wo Sie alles erfahren sollen. Sie werden mich für grausam und egoistisch halten, doch die Liebe ist immer egoistisch: je leidenschaftlicher, desto egoistischer. Sie ahnen nicht, wie eifersüchtig ich bin! Sie müssen mit mir kommen und mich lieben, bis in den Tod!«

»Oh, nun reden Sie wieder Ihren wilden Unsinn, Carmilla«, sagte ich hastig.

Ich wünschte ihr noch rasch eine gute Nacht und schlich mit einem unangenehmen Gefühl aus dem Zimmer.

Ich fragte mich oft, ob unser hübscher Gast jemals betete. Ich hatte nie erlebt, dass sie vor dem Schlafengehen am Bett niederkniete, wie ich es von klein auf gewohnt war. Und wenn wir uns abends zu einem gemeinsamen Gebet mit der Dienerschaft im alten Rittersaal versammelten, blieb sie stets im Salon zurück. Wenn sie nicht in einem unserer Gespräche beiläufig erwähnt hätte, dass sie getauft sei, hätte ich beinahe daran gezweifelt, dass sie überhaupt ein Christenmensch war.

So vielfältig und weitschweifig unsere Unterhaltungen waren, das Thema der Religion berührte sie nur ein einziges Mal, und das mit merklichem Widerwillen.

Es war noch ganz zu Beginn unserer Bekanntschaft, nicht lange nachdem Carmilla nach Málfa gekommen war. Da sie wie erwähnt die Vormittage zumeist im Bette oder wenigstens auf ihrem Zimmer verbrachte, hatte ich die Gewohnheit meiner morgendlichen Heidespaziergänge auch nach ihrer Ankunft beibehalten. Als ich mich so eines Morgens weiter vom Schloss entfernt hatte als gewöhnlich und tief in meine Gedanken versunken immerzu fortgewandert war, bis ich ein mir unbekanntes Dorf erreicht hatte, ging ein Leichenzug an mir vorbei. Eine alte und eine jüngere Frau schritten mit verweinten Gesichtern hinter dem Sarg her. Eine Menge Volk kam paarweise hintendrein und sang einen Trauerchoral mit süßer, eingängiger Melodie. Ich blieb mit gesenktem Haupt stehen, um ihnen meinen Respekt zu zollen, und stimmte in das alte Kirchenlied ein, bis sie vorüber waren.

Der Stand der Sonne zeigte mir an, dass ich mich gewiss zwei, wenn nicht gar drei Stunden vom Schlosse entfernt hatte. Ich war daher froh, im Dorf einen Bauern zu finden, der eben dabei war, mit seinem einfachen Wagen nach Mórháza zu fahren, und sich bereiterklärte, mich ein Stück mitzunehmen. Sein Weg führte ihn zwar nicht ganz bis nach Málfa, aber doch nahe genug daran vorbei, dass ich nicht weit mehr nach Hause hatte. Unterwegs sprachen wir über dieses und jenes; ich erkundigte mich, wen man da zu Grabe getragen hatte, und erfuhr, dass es ein junger Bauernbursche aus dem Dorf war. Er war noch im Winter, in einer der letzten Nächte des Karnevals, nach einem Tanz im Dorfwirtshaus spurlos in der Heide verschwunden. Jetzt erst hatte man seinen Leichnam, kaum noch kenntlich, im Wasser der Schwarzen Lacken entdeckt.

Als ich wieder daheim war, hatte ich nichts Eiligeres zu tun, als Carmilla von dem Begräbnis und der traurigen Geschichte, die dahinterstand, zu erzählen. Sie schien gänzlich ungerührt.

»Ich mache mir nichts aus Bauern«, antwortete sie mit einem Aufblitzen ihrer schönen Augen. »Außerdem hasse ich Beerdigungen. Was für ein Getue! Man muss nun einmal sterben – *jeder* muss sterben, und alle werden glücklicher, wenn sie es tun.«

Verstimmt blieb ich neben ihr sitzen und ließ den Blick ins Leere schweifen. Wir schwiegen beide. Ohne mir selbst dessen bewusst zu sein, begann ich nach einer Weile, mit leiser Stimme das alte Kirchenlied, das ich beim Begräbnis gehört hatte, gedankenverloren vor mich hinzusingen.

Im nächsten Moment packte mich Carmilla am Arm, schüttelte mich grob, und als ich mich überrascht zu ihr umwandte, sagte sie schroff: »Merken Sie nicht, wie unharmonisch und störend das ist?«

»Ich finde die Melodie süß und angenehm«, entgegnete ich verärgert und fuhr, nun bewusst, im Gesang fort. Sofort aber unterbrach sie mich wieder.

»Sie verletzen meine Ohren«, sagte sie beinahe wütend und verstopfte sich die Ohren mit ihren Fingern. »Meine Religion und die Ihrige sind nicht dieselbe, und Ihr Lied ist mir eine Qual.«

Sie hatte meine Hand ergriffen und drückte sie so fest, dass es fast schmerzte. Ihr Gesicht schien mir auf eine Art verändert, die mich für einen Augenblick beunruhigte, ja sogar erschreckte. Ihre Züge hatten sich seltsam verdüstert, sie biss die Zähne zusammen, runzelte die Stirn und presste die Lippen fest aufeinander, während sie zu Boden starrte und am ganzen Leibe zu zittern begann, als wäre sie von Schüttelfrost befallen. Sie schien all ihre Kraft zusammenzunehmen, um einen Anfall zu unterdrücken, bis endlich ein leiser, krampfhafter Schmerzensschrei aus ihr herausbrach und ihre merkwürdige Aufwallung allmählich nachließ.

»Da! Das kommt davon, wenn man Menschen mit Kirchenliedern die Kehle zuschnürt!«, sagte sie. »Halte mich, halt mich fest, damit es vergeht.«

Und nach und nach ging der seltsame Zustand auch wirklich zur Gänze vorüber; und vielleicht um den düsteren Eindruck zu zerstreuen, den das Schauspiel bei mir hinterlassen hatte, war Carmilla den Rest des Tages ungewöhnlich gesprächig und animiert.

Es war dies das erste Mal, dass ich irgendwelche Symptome jener Nervenschwäche an ihr bemerkte, von der ihre Mutter gesprochen hatte. Es war auch das erste Mal, dass ich sie zornig erlebte. Beides verflog indes rasch wie eine leichte Sommerwolke; und nur ein einziges Mal noch habe ich sie später in einem ähnlichen Zustand gesehen.

23

Es war in den letzten Tagen des Sommers, schon zu der Zeit, als die Albträume begonnen hatten, mir den Schlaf und die Gesundheit zu rauben. Trotz der Mattigkeit, die ich tagein, tagaus verspürte, setzte ich immer noch meine Heidespaziergänge fort, denn gerade um diese Jahreszeit hat die Heide, dies vielgeschmähte Proletarierweib, eine ganz eigene Schönheit. Freilich, sie hebt die Stirn nicht bis über die Wolken, das Diadem des Alpenglühens oder einen Kranz von Rhododendron sucht man vergebens, – sie trägt nicht einmal die Steinkrone des Niedergebirges; aber die Erika blüht, und ihre lila- und rotgemischten Glockenkelche werfen über die sanften Biegungen des Riesenleibes einen farbenprächtigen, mit Myriaden gelbbestäubter Bienen durchstickten Königsmantel. Wer könnte es da in den engen Mauern des Schlosses aushalten! Nein, es trieb mich immerzu fort ins Freie, auch wenn meine Spaziergänge nun weit kürzer ausfielen als ehedem und ich mich öfter einmal unter einem Wacholderbusch niederlassen musste, um auszuruhen.

So war ich auch an jenem Morgen hinausgewandert, während Carmilla noch hinter zugezogenen Vorhängen schlief. Draußen goss die Sonne ein goldenes Strahlenmeer über die rauschenden Kronen der Eichen und über die im Morgentau glitzernde Heide.

Ich schlug ganz unwillkürlich den Weg ein, der zu den alten Grabhügeln führt, die nicht weit von Schloss Málfa im freien Feld verstreut liegen. Es sind dies Überreste aus grauer Vorzeit, Zeugnisse eines verschollenen Geschlechts, doch das abergläubische Volk meint, es lägen hier Dämonen begraben.

Hoch wucherte rings umher das Gras, und unabsehbar weit dehnten sich die Strecken, auf denen das blühende Heidekraut wuchs. Über die Erikablüten huschten gelbe Falter, traumhafte, zaubersüße Ruhe lag über der Landschaft. Nun schlängelte sich der Weg durch ein kleines Wacholdergebüsch, da – hörte ich hinter den Sträuchern den Klang fremder Stimmen. Ich hielt inne und lugte zwischen den Zweigen hervor. Gleich jenseits des Gebüsches lag der erste der Hügel; die Bauern aus der Umgebung mieden den Ort aus uralter, ererbter Dämonenfurcht. Den ganzen Frühling und Sommer hindurch hatte ich nie einen fremden Menschenfuß diesen Bereich betreten gesehen. ... Nun stand auf einmal dort ein Trupp unbekannter Leute; sie rissen große Erdbrocken aus dem Leib des Hügels. Ich sah die hochgeschwungene Hacke – wie ein feiner, schwarzer Strich hob sie sich vom Himmel ab, und sooft sie niedersank, war es mir, als schneide sie in das lebendige Fleisch eines geliebten Körpers.

Stumm beobachtete ich die Szene. Am Hügel standen drei Herren in schweigender Erwartung, während mehrere Arbeiter gruben und schaufelten. Schon klaffte eine dunkle Öffnung im Erdreich, das von der Hacke unbarmherzig zerschnitten wurde.

»Da wären wir auf dem Stein«, sagte einer der Herren, als die Werkzeuge klirrend aufschlugen. Der leichte Wind, der über die Heide strich, trug seine Worte klar und deutlich zu mir herüber.

Man räumte nun die letzten Erdschollen hinweg, und es wurde ein mächtiger, roher Felsblock sichtbar. Die Herren traten seitwärts, indes die Arbeiter sich anschickten, den Stein wegzuwälzen. Unter dumpfem Gepolter rollten sie ihn einige Schritte vorwärts. Im ersten Augenblick konnte ich aus meinem Wacholderversteck heraus nichts sehen, denn die Herren umdrängten die Öffnung. Dann traten sie ein wenig zur Seite, und eine dunkle, leere Höhle gähnte mich an.

Einer der Fremden, der eine Brille trug und auf dem Rücken eine lange Blechbüchse hängen hatte, kroch in die Öffnung; der zweite, ein blonder junger Herr, folgte ihm, während der dritte, ein großer, schlanker Mann, die innere Fläche des fortgewälzten Granitblockes untersuchte. Sein Gesicht konnte ich nicht sehen, er wandte mir den Rücken; aber ich hielt ihn für alt, denn er hatte langsame Bewegungen, und der schmale Streifen kurz verschnittenen Haares, der unter dem braunen Hut hervorsah, war grau.

»Der Stein ist bearbeitet«, sagte er, indem seine Hand leicht über die Fläche glitt.

»Die anderen Träger auch!«, rief eine Stimme aus dem Hügel. »Und welch einen riesigen Deckstein haben wir über uns! Ein wahres Prachtstück von einem erratischen Block!«

Der junge Herr erschien wieder in der Öffnung. Er musste sich tief bücken, und dabei entfiel ihm der Hut. Bis dahin hatte ich wenige Männer gesehen, war ich doch in der Abgeschlossenheit eines Pensionats aufgewachsen. Ich hatte mithin keine Gelegenheit gehabt, mich mit dem Begriff von Männerschönheit zu beschäftigen. Aber auf Schloss Málfa hing ein Bild König Stephans; an das musste ich denken, als die unbedeckte Stirne dort aus der schwarzen Höhle auftauchte; wie ein breiter, weißer, fleckenloser Schild glänzte sie unter den aufbäumenden Haarmassen, die mit einem energischen Emporwerfen des Kopfes zurückgeschüttelt wurden. Sein blondes Haar war so weich, dass die dichten Locken bei jeder seiner Bewegungen erzitterten wie die Goldfäden an dem Rocken Dornröschen. Sein bildschönes, auffallendes Gesicht fesselte mich sofort, dazu kam noch eine hohe, schlanke und ritterliche Gestalt.

Als der junge Mann nun aus der Öffnung trat, hielt er ein großes Tongefäß von gelblichgrauer Farbe in den Händen.

»Vorsicht, Herr Randon!«, mahnte der Herr mit der Brille, der ihm folgte und selbst verschiedene fremdartige Gerätschaften in der Linken trug. »Im ersten Augenblick sind diese Urnen sehr zerbrechlich; sie erhärten aber schnell an der Luft –«

Dazu kam es nicht. In demselben Moment, wo die Urne auf den Granitblock gestellt wurde, zerbarst sie; eine Wolke von Asche stiebte auf, und halb verkohlte menschliche Gebeine flogen und rollten nach allen Seiten hin.

Der Brillenträger stieß einen Laut des Bedauerns aus. Er ergriff mit der zart zugespitzten Rechten behutsam eine der Scherben, schob die Brille auf die Stirne und besah die Tonmasse an dem frischen Bruch.

»Ah bah, der Schaden ist nicht groß, Herr Professor!«, sagte der junge Mann. »Da drin stehen noch mindestens sechs Stück, und die Dinger gleichen sich wie ein Ei dem anderen.«

Der Professor verzog das Gesicht, als habe er Essig geschluckt.

»Ei, ei, das klingt ja recht – laienhaft!«, meinte er scharf.

Der andere lachte auf, und das war ein wunderschönes Lachen. Es klang hell und übermütig und doch so wohltuend beherrscht. Er schien es übrigens sofort zu bereuen, sein Gesicht wurde sehr ernst.

»Ich bin ja auch nur ein Laie, wenn auch ein passionierter«, entschuldigte er sich. »Deshalb müssen Sie schon Gnade für Recht ergehen lassen, wenn der Neuling hier und da die strengen Zügel der Wissenschaft verliert und ein wenig querfeldein galoppiert ... Mir lag hauptsächlich daran, mich über den inneren Bau dieser Grabdenkmäler zu informieren, und – ah, wie prächtig!«, unterbrach er sich und nahm eins der seltsamen Geräte, die der Professor mittlerweile auf dem Steine ausgebreitet hatte.

Der gelehrte Herr hörte augenscheinlich die Entschuldigung des jungen Mannes gar nicht. In tiefes Nachdenken versunken, hielt er einen kleinen Gegenstand prüfend bald gegen das Licht, bald dicht unter die Augen.

»Hm, hm, eine Art Filigranarbeit von Silber! Hm, hm,«, murmelte er vor sich hin.

»Silber in einem frühgeschichtlichen ungarischen Grabhügel, Herr Professor?«, fragte der junge Mann nicht ohne spöttische Betonung. »Am Ende behält Doktor von Sassen doch recht, wenn er diese sogenannten Hünengräber als Begräbnisstätten phönizischer Anführer bezeichnet.«

Mit den »phönizischen Anführern« waren zwei zündende Funken in die Seele des Professors gefallen. Offenbar ein Gegner dieser Hypothese, verfocht er seinen Standpunkt in leidenschaftlich heftiger Rede, welcher der junge Mann mit pflichtschuldiger Aufmerksamkeit folgte.

Die Erklärungen des Professors wurden mir rasch langweilig, aber es war ohnehin höchste Zeit für mich, ins Schloss zurückzukehren. Mein Vater war zunehmend um meine Gesundheit besorgt und sah es nicht gern, wenn ich mich zu lang in der Heide herumtrieb. Vorsichtig, möglichst ohne Geräusch verließ ich daher meinen Beobachterposten und schlich durchs Wacholdergebüsch zurück zu dem Weg, der nach Málfa führte.

Carmilla, früher auf den Beinen als sonst, erwartete mich schon auf der Bank vor dem Schlosstor. Voll Überschwang erzählte ich der Freundin sofort von dem schönen jungen Herrn mit den blonden Locken. Da packte sie mich wütend mit beiden Händen, fletschte die weißen, spitzen Zähne und zischte bedrohlich: »Vergiss nicht, Liebste, du bist mein, du wirst für immer mein sein!«

Ihre Augen blitzten in Zorn und Entrüstung, aus dem geröteten Antlitz blickte mir der rasende Wahnsinn entgegen. – Ich riss mich los aus ihren Armen und stürzte wie von Furien gehetzt fort.

REGINALD RANDON

24

Kein halbes Jahr war seit meinem Abschied von Málfa vergangen, als mich der Zufall in die Umgebung des Schlosses zurückführte. Ich sage der Zufall, doch eigentlich müsste ich sagen: mein Freund Koloman Járay. Er war Professor an der Wiener Universität, pflegte vom Katheder über Griechen und Römer zu sprechen, allein mit dem Herzen lebte er mehr in Forschungen über die Altertümer seiner eigenen ungarischen Heimat. Die Kelten, Daker, Illyrer, und wie sie alle hießen, waren es, die ihn seit Jahren beschäftigten, und jeden Sommer zog er mit Schaufel und Hacke durchs Land, um nach Zeugnissen dieser versunkenen Völker zu graben. Diesen Sommer nun hatte er sein Augenmerk auf die rund um Málfa verstreuten »Dämonengräber« gelegt, die seiner Überzeugung nach bronzezeitliche Grabhügel waren. Einer seiner Mitarbeiter musste die Teilnahme an der archäologischen Exkursion jedoch wegen irgendeiner Familienangelegenheit im letzten Augenblick absagen. Da der Professor meine, wenn auch laienhafte Begeisterung für das Altertum kannte, bat er mich, den freigewordenen Platz einzunehmen. Ich sagte zu, und wenige Tage darauf fand ich mich von neuem in der weiten ungarischen Heide wieder.

Der mir schon bekannte Baron Nasia hatte sich bereiterklärt, uns für die Dauer der Ausgrabungen in seinem Schlosse Quartier zu geben. Schloss Nasia war das genaue Gegenteil des altertümlichen Málfa: ein modernes Gebäude im Zentrum eines luxuriös und geschmackvoll angelegten Gartens. Es war ein Nestchen der raffiniertesten, kostspieligsten und neumodischsten Eleganz, ein in Möbel, Nippes und Gartenstühle übersetztes *millefleur*-Parfüm. Alles im Schloss war auf die höchste Spitze des Komforts getrieben, desgleichen die intimen Ecken und Plaudernischen des exotisch-überquellenden Gartens. Man sah es dem Schloss und seiner Einrichtung an, dass der Baron kein echtes Interesse an Altertümern besaß. Wir verdankten unseren luxuriösen Aufenthalt offenbar einzig und allein seiner schon erwähnten Vorliebe, sich mit Künstlern und Gelehrten zu umgeben, wo immer er ihrer nur habhaft werden konnte.

Ich war nach den Erlebnissen des vergangenen Winters ehrlich gesagt froh, nicht direkt nach Málfa zurückkehren zu müssen. Die Höflichkeit gebot aber doch, dem Grafen von Eschenhein wenigstens einen Anstandsbesuch zu machen. Am vierten oder fünften Tag meines Aufenthalts fand ich dazu Gelegenheit. Es war ein Regentag, wo feuchte weiße Nebelwolken von zornigen Tropfen fast zu Boden gepeitscht wurden. An Ausgrabungen war bei diesen Verhältnissen nicht zu denken. Der Professor beschloss stattdessen, das bereits Gefundene im Schutz des Schlosses noch einmal durchzusehen und zu katalogisieren, während ich die Zeit nutzte, um meine schuldigen Besuche zu absolvieren. Besuche in der Mehrzahl, denn selbstverständlich wollte ich auch meinen alten Freund István Kedvesi wiedersehen.

Baron Nasia war so freundlich, mir Wagen, Pferde und Kutscher zur Verfügung zu stellen, und so brach ich, den Elementen trotzend, auf nach Mórháza. Freudig überrascht von meinem Besuch, fiel Kedvesi mir um den Hals. Er räumte die Papiere, an denen er gerade saß, auf die Seite und schickte seinen Diener, eine Kanne Kaffee für uns aufzubrühen. Bald saßen wir bei einer wärmenden Schale des dampfenden Getränks gemütlich beisammen, auch ein Imbiss stand wie hervorgezaubert plötzlich vor uns. Ich musste

István Kedvesi den neuesten Tratsch aus den Wiener Künstlerkreisen berichten, der freilich weit weniger aufregend und frivol war, als er es sich ausgemalt hatte. Im Gegenzug bekam ich manche Anekdote aus dem Leben eines Stuhlrichters in der ungarischen Provinz zu hören.

Kedvesis Erzählungen riefen in mir die Erinnerung an unsere Fahrt nach Középlak und an das Karnevalsfest im Dorfgasthaus wach. Ich fragte, ob man je wieder von der ›schönen Gabriele‹ und dem unglücklichen Henrik gehört hatte. Das Gesicht meines Freundes verdüsterte sich. »Eine traurige Geschichte das!«, sagte er, bedächtig den Kopf wiegend. Er sah aus dem Fenster, in den Regen hinaus, und nahm noch einen tiefen Schluck von seinem mit Rum versetzten Kaffee, ehe er den Bericht begann. Ich erfuhr, dass man Henriks Leichnam gegen Ende des Frühlings oder eigentlich schon zu Anfang des Sommers in einer der Schwarzen Lacken entdeckt hatte. Kedvesi hatte eine gerichtliche Obduktion angeordnet, da Henrik jedoch augenscheinlich über mehrere Monate im Wasser gelegen hatte, ließ sich nicht mehr feststellen, ob sein Tod Folge des Ertrinkens oder einer gewaltsamen Ursache war. Im Dorfe flogen seitdem jedoch die wildesten Gerüchte umher. Die einen meinten, Henrik sei noch in jener Winternacht ins Eis eingebrochen und habe sich nicht mehr zu retten vermocht; andere hielten dafür, er müsse nach Einsetzen des Tauwetters zurückgekehrt sein und habe sich aus unglücklicher Liebe zu Gabriele ertränkt; wieder andere waren überzeugt, dass Gabriele seine Mörderin sei. Von dem hübschen Mädchen fehlte weiterhin jede Spur. Kedvesi hatte die Schwarzen Lacken mit Stangen und Haken nach ihr absuchen lassen, doch ein zweiter Leichnam war nicht zum Vorschein gekommen. Da überdies auch Schlitten und Gespann verschollen blieben, lag die Annahme nahe, dass sie die Gegend verlassen hatte.

Dafür sprach im Übrigen auch, dass ihre Mutter, die Hebamme, nicht lang nach jener Ballnacht dem Dorf ebenfalls für immer den Rücken gekehrt hatte. Die ganze Sache war ebenso traurig wie rätselhaft. Henrik jedenfalls hatte nun seine letzte Ruhe gefunden; er war unter Anteilnahme des ganzen Dorfes beigesetzt worden. Manche behaupteten, dass sogar die Tochter Graf Ivos, Laura von Eschenhein, dem Begräbnis beigewohnt habe.

»Die Tochter Graf Ivos?«, unterbrach ich Istváns Erzählung an dieser Stelle. In all den Monaten, die ich auf Málfa verbracht hatte, war kein einziges Mal davon die Rede gewesen, dass der Graf eine Tochter hatte.

»Ja«, antwortete mein Freund, »sie wurde, seit sie ein Kind war, in irgendeinem Pensionate erzogen, kehrte diesen Frühling aber zu ihrem Vater zurück.«

»So ist sie jung?«

»Jung und schön, auch wenn man sie nicht viel zu Gesichte bekommt. Ich bin sicher«, lachte Kedvesi, »du wirst dich auf der Stelle in sie verlieben!«

Er sollte recht behalten ...

Nachdem wir noch die eine oder andere Stunde verplaudert und ein einfaches Mittagsmahl zu uns genommen hatten, verabschiedete ich mich von dem Stuhlrichter und fuhr weiter nach Málfa.

Es war ein trüber, abscheulicher Nachmittag. Der Regen hatte zwar nachgelassen, aber die Tropfen hingen noch an den Pappelbäumen, und der Erdboden war so aufgeweicht, dass der Wagen nur langsam vorankam. Der Himmel war dunkelgrau und wie geschwollen, und ein hässlicher Sturmwind winselte in den Wacholderbüschen, die hie und da in der Heide verstreut standen.

Umso freundlicher war der Empfang durch Graf Ivo. Des letzten Winters eingedenk, begegnete ich ihm dennoch mit einer gewissen Scheu, auch wenn er diesmal die Liebenswürdigkeit in Person war und die Jahreszeit, trotz Wind und Regen, keinen Schneefall befürchten ließ. Er schien meine Zurückhaltung nicht zu bemerken, nahm mich vielmehr beim Arm wie einen alten, lange vermissten Freund und sagte aufmunternd: »Kommen Sie nur, ich will ich Sie in dem kleinen Kreise bekannt machen, den ich meine Familie nenne. Ich werde Sie meiner Tochter Laura vorstellen.«

Laura. Der melodische Name klang mir wie ein geheimnisvoller Mollakkord, verheißungsvoll wie ein Lied von Schumann Lied entgegen. Der Graf zog mich indessen fort zu dem mir wohlbekannten Raum, der als Salon genutzt wurde. In banger Scheu stand ich vor der hohen Flügeltür, als wär' es eine geheiligte Pforte, und wie in einer Kapelle wehte es mich an, als ich das altertümliche Zimmer betrat.

Auf einem beweglichen Fauteuil saß eine junge Dame, dem Grafen ähnlich im edlen Ausdrucke, aber um viel zarter, ätherischer. In langen Locken fiel ihr überaus reiches Haar von hellem Blond auf ihren Hals, der, verhüllt bis oben durch ein anliegendes graues Seidenkleid, die übrigen herrlichen Formen nur ahnen ließ. Sie zeigte ein regelmäßiges Gesicht mit großen, tiefblauen Augen und einem feinen Munde, aber blass, todesblass war das schöne Antlitz, und ein Zug schwer bestimmbaren Schmerzes hatte sich auf demselben gelagert.

Der Reiz ihrer Erscheinung berückte mich. Ich war so sehr in das Anschauen dieser zauberhaften Schönheit verloren, dass ich erst mit einiger Verzögerung die Anwesenheit einer zweiten Dame bemerkte. Der Gräfin Laura gegenüber saß nämlich auf einem Taburett eine ebenfalls noch junge Dame, schlank, frisch und dunkeläugig. Sie hatte augenscheinlich vorgelesen und war durch die Meldung der Eingetretenen unterbrochen worden. Nun wandte sie sich ganz zu uns um. Ihre Züge schienen mir fremd – und doch gleichzeitig seltsam vertraut. Sie starrte mich mit erstauntem, fast erschrockenen Blick an, und nun dämmerte auch mir die Erkenntnis ...

»Gabriele!«, rief ich überrascht aus. Nein, es gab keinen Zweifel: Die da vor mir saß, war die geheimnisvolle Verschwundene, von der ich eben mit István Kedvesi erst gesprochen hatte.

Wie sie ihren Namen rufen hörte, sprang sie von ihrem Sitz auf, stürzte zur Tür hinaus und entfloh.

25

Alle blickten ihr erstaunt nach, dann sahen wir alle einander
erstaunt an. Neben dem Grafen, Fräulein Laura und mir war
noch der alte Zosimus anwesend, der uns in das Zimmer ge-
führt hatte, sowie die greise Petruschka, die, wie ich jetzt erst
bemerkte, mit ihrem Strickstrumpf in einer Ecke des Salons
saß. Nachdem die erste Überraschung verflogen war, begann
alles wirr durcheinander zu reden. Erst nach und nach erhielt das Gespräch eine geordnete Richtung, die dazu angetan war, die Verwirrung zu lösen, statt sie weiter zu befeuern.

Ich berichtete nun von meinen früheren Begegnungen
mit Gabriele und vom Tod des unglücklichen Henrik. Im
Gegenzug brachte ich in Erfahrung, dass sie unter dem Namen Carmilla seit mehreren Wochen bei der gräflichen
Familie zu Gast war und vorgab, selbst eine Adelige zu sein.
Mit möglichster Schonung für Laura, die als Einzige kein
Wort gesagt hatte und wie erstarrt in ihrem Stuhl saß,
brachte ich darauf meine Überzeugung zum Ausdruck, dass
wir es mit einer Hochstaplerin zu tun hatten, die sich mit
einigem schauspielerischen Geschick im Schloss eingeschlichen und, Lauras offensichtliche Einsamkeit ausnutzend,
deren Zuneigung zu erwerben gewusst hatte. Unklar war mir
nur, ob sie es auf das Geld der Familie abgesehen hatte oder
bloß darauf, Laura zu verführen und ins Unglück zu stürzen
wie den armen, verlorenen Henrik.

Der Graf, Petruschka und Zosimus lauschten meinen
Ausführungen mit höflichem Interesse und – widersprachen
mir dann auf das Heftigste. Für sie war es sonnenklar, dass

Gabriele nicht bloß eine Betrügerin war, sondern etwas weit Schlimmeres: ein Vampir!

Im Brustton der Überzeugung legte Petruschka mir dar, wie Lauras rätselhafte Erkrankung, ihre Albträume und ihre anhaltende Erschöpfung genau dem entsprachen, was man gemeinhin von den Opfern der Vampire erzählte. »Ein Vampir«, führte Zosimus mit der gewichtigen Miene eines Gelehrten mir aus, da er meinen zweifelnden Blick bemerkte, »ein Vampir ist ein Leichnam, welcher im Grabe fortlebt und aus demselben emporsteigt, um lebenden Menschen des Nachts den kostbaren Lebenssaft auszusaugen, um sich damit zu ernähren und in gutem Zustande zu erhalten, statt zu verwesen wie andere Leichen. Die Angegriffenen haben Gefühle wie beim Albdrücken, fühlen sich zuweilen im Traume an der Gurgel gepackt und gewürgt und sehen oft ein Gespenst, dem Vampir im Leben ähnlich, oder eine würgende Tiergestalt, können sich des furchtbaren Besuchers, der auf ihrer Brust liegt, jedoch nicht erwehren. So siechen sie allmählich dahin bis zum unausweichlichen Tod, wenn man nicht durch Gewaltmittel dem Schrecken ein Ende bereitet.«

Zosimus und Petruschka hatten die längste Zeit schon einen Verdacht in diese Richtung gehegt. Was ich von der Beziehung Henriks zu Gabriele und seinem darauffolgenden Tod erzählt hatte, bestätigte ihnen nun ihre schlimmsten Befürchtungen. Sie wähnten die junge, schöne Gräfin Laura in den Fängen eines blutsaugenden Ungeheuers! Ich konnte nur den Kopf schütteln vor so viel Wahnwitz und Aberglaube. In Graf Ivo, der bei all seiner Bildung und Lebensart ja selbst dem Vampirwahn verfallen war, fanden die beiden Alten jedoch einen willigen Verbündeten.

»Oh, ich glaube, ich weiß sogar, wer die Übeltäterin ist!«, rief dieser mit einem Mal inbrünstig aus, »niemand anderes als Mircalla, die letzte Gräfin von Daruváry, deren Fluch seit alters her auf dem Schloss lastet. Sie schütteln den Kopf, Herr Randon, doch bedenken Sie einmal, dass Carmilla ein Anagramm von Mircalla ist. Dass es mir nicht viel früher schon aufgefallen ist!«

Das Gewebe aus Kinderglaube und Geisterfurcht wurde wirklich immer absurder! Doch selbst die bisher so schweigsame Laura stimmte nun in die Spekulationen mit ein.

»Es ist wahr«, sagte sie, totenblass und mit zitternder Stimme, »Carmilla ... die Fremde ... ist Mircallas Porträt wie aus dem Gesichte geschnitten!«

Ich musste eingestehen, dass sie recht hatte, sah mich dadurch aber keineswegs widerlegt. Im Gegenteil wurde mir nun erst bewusst, warum mir Gabriele vorhin im ersten Augenblick fremd erschienen war: Sie war auf ganz auffällige Weise geschminkt, offenbar, um ihr Aussehen dem Bildnis möglichst weit anzunähern. Es gab ja in der Dorfkirche eine Kopie des Gemäldes; Gabriele musste sie irgendwie zu Gesicht bekommen und ihre vage Ähnlichkeit mit der Dargestellten daraufhin künstlich verstärkt haben.

»Warum aber hätte sie das denn tun sollen?«, fragte der alte Zosimus, als ich diesen Einwand vorbrachte.

Darauf wusste ich nun freilich auch keine Antwort, aber es hätte ohnehin nichts genutzt. Die anderen hatten sich so sehr auf den Vampir-Gedanken versteift, dass nichts und niemand sie mehr davon abbringen konnte. Mehr noch als die Übrigen war Zosimus von einem regelrechten Jagdfieber ergriffen. Er schickte Petruschka nach dem Gärtner und nach dem Stallburschen. Sie sollten rasch Hacken, Spaten und zugespitzte Holzpflöcke herbeischaffen, denn das waren die Werkzeuge, die man benötigte, um einem Vampir den Garaus zu machen. Mit fanatisch funkelnden Augen erklärte Zosimus mir:

»Ein Stadtmensch wie Sie mag das nicht wissen, aber unsere alten heiligen Gebräuche schreiben genau vor, was man zu tun hat, um einen Vampir unschädlich zu machen: Man muss den Leichnam des Vampirs ausgraben, den man ganz unverwest findet; dann stößt man ihm einen spitzen hölzernen Pfahl mitten durchs Herz, wobei ihm, zum sicheren Zeichen, dass man es mit einem Vampire zu tun hat, das Blut aus Mund und Nase strömt; endlich schlägt man ihm mit einem Grabscheit den Kopf ab, den man aber nicht daselbst liegen lässt, weil er sonst wieder anwachsen würde, sondern ihn mit dem Mund nach unten zwischen die Beine der Leiche legt.«

Diese ganze Erklärung sprudelte in einem so begeisterten Schwall aus ihm heraus, dass es mir fast leidtat, ihn auf den Boden der Tatsachen zurückholen zu müssen.

»Und diese Prozedur wollen Sie an der Leiche der Gräfin Mircalla vornehmen?«, fragte ich, als er endlich kurz verschnaufte, um Atem zu holen.

»Gewiss!«, rief er aus. Seine Augen glühten noch mehr als zuvor.

»Und haben Sie dabei nicht eine Kleinigkeit übersehen?«, fügte ich mit siegessicherem Lächeln hinzu.

Der Alte sah mich verdutzt an.

»Wenn ich mich recht erinnere«, fuhr ich fort, »haben Sie selbst mir letzten Winter erzählt, dass Mircalla von Daruváry an einem geheimen Orte beigesetzt wurde. Ihr Sarg mag wohl irgendwo hier im Schlosse verborgen sein, allein niemand kennt die genaue Stelle oder den Zugang dazu.«

Der Alte blickte mich immer noch an, das Feuer in seinen Augen war jedoch plötzlich erloschen, und seine Miene erinnerte an ein Kind, dem man das liebste Spielzeug genommen. – Schon im nächsten Moment schien er jedoch wieder Mut zu fassen.

»Die versiegelten Zimmer!«, stieß er mit erneuertem Enthusiasmus hervor. »Das waren die Privatgemächer der Gräfin Mircalla ... Gewiss haben ihre treuen Diener dort ihren Leichnam verborgen. Ich will drauf schwören, wir werden dort droben auf ihren Sarg stoßen oder wenigstens auf den Zugang zu irgendeinem geheimen Gang oder Gewölbe!«

»Schwören Sie nicht, guter Zosimus!«, unterbrach Laura ihn flüsternd. »In den Zimmern hängt bloß ein seidener Frauenmantel, auf einem Ankleidetisch steht allerlei Silbergerät, und ein dunkler Baldachin umschließt ein prunkvolles Bett, doch von irgendwelchen Falltüren oder gar einem Sarg findet sich dort keine Spur.«

Alle starrten wir sie erstaunt an. »Sie sind drin gewesen?«, fragte endlich Petruschka, »hinter den Siegeln?«

»Ja, ich bin drin gewesen«, versetzte sie rasch, wenn auch mit niedergeschlagenen Augen. »Ich weiß einen Weg, der aus meinem alten Kinderzimmer hinaufführt, ohne dass man die Siegel anrühren muss. Ich entdeckte ihn damals bei meiner ersten Ankunft im Schlosse.«

Ohne noch weiter zu fragen, eilte nun alles unter Lauras Führung nach ihrem ehemaligen Zimmer. Auch der Stallbursche und der Gärtner waren inzwischen, mit allerlei Gartengeräten bewaffnet, zu uns gestoßen. Ich schloss mich der seltsamen Jagdgesellschaft ebenfalls an, wenn auch bloß aus Neugier auf die verborgenen Kammern und nicht aus Hoffnung, einen Vampir aufzustöbern und zu erlegen.

Es dauerte nicht lang, bis wir das fragliche Zimmer erreicht hatten. Laura öffnete die Tür und zeigte nach einem Schranke, der allem Anschein nach schon seit Jahren nicht mehr vom Staube befreit worden war.

»Wegrücken?«, fragte Zosimus. Laura bejahte, und auf einen Wink des Grafen hatten der Stallbursche und der Gärtner das Möbel auch schon erfasst und seitwärts geschoben.

Wirklich wurde dahinter eine Tapetentür sichtbar. Laura schloss auf und trat auf die hinter der Tür liegende Treppe. Einen Moment blieb sie stehen und presste tieferbleichend beide Hände aufs Herz – dann stieg sie hinauf, und wir anderen folgten.

Es war schauerlich dort oben. Gerade um diese Ecke des Schlosses tobte der Sturm, als wolle er sie wegstoßen und die hier eingeschlossenen Erinnerungen und Überbleibsel geheimnisvoller Begebenheiten in alle Lüfte verstreuen. Hinter den schattenhaften Rosenumrissen der Rouleaus klirrten die Scheiben und schossen unermüdlich die brausenden und verdunkelnden Wasserströme nieder, denn der Regen hatte mit neuer Kraft wieder eingesetzt; selbst der verklärende Schein der rosenfarbenen Gazedraperie wurde von dem hereinbrechenden Dunkel aufgesogen.

Während draußen der Sturmwind gegen die Mauern schmetterte, zog es hier herinnen in leisem Stöhnen verhauchend an der Decke hin. Langsam blähten sich die losen Gardinen auf und rieselten wie weitgebauschte Frauenkleider über die Dielen, hie und da einen bleichen Lichtflecken durchlassend, der unruhig die violetten Bettvorhänge betupfte und gespenstig durch die grauen Schatten der tiefen Ecken fuhr – gespenstig wie eine arme Seele, die zwischen Himmel und Erde wandeln muss ...

Es schien mir pietätlos, ja beinahe vermessen, inmitten dieses Aufruhrs den Nachlass einer Toten skrupellos aufzuwühlen. Die anderen jedoch arbeiteten sich unter Zosimus' eifriger Anleitung Raum für Raum vor. Alles, was an dem Geheimnis eines längst erloschenen Menschenlebens teilgenommen hatte, wurde unter dem deckenden Staube hervorgezogen. Alle Möbel wurden von den Wänden gerückt, um nach weiteren geheimen Türen zu suchen, alle Wandpaneele abgeklopft, ob sich nicht ein Hohlraum dahinter verberge. Alles vergeblich. Endlich mussten der Stallbursche und der Gärtner gar auf Knien den Fußboden absuchen, denn er konnte ja eine gut getarnte Falltür enthalten. Besonders der Teppichboden im ersten der Zimmer erregte den Verdacht des alten Zosimus, dem der Graf ganz das Kommando dieser merkwürdigen Expedition überließ. Der Gärtner musste mit seinem Messer die Teppichnägel lösen, dann fasste er den Teppich am Rande und riss ihn zurück – der Stoff war mürbe und riss aufstaubend durch. Der Ziegelboden, der darunter zum Vorschein kam, war jedoch fest und geschlossen, der Mörtel in den Fugen unangerührt. Nein, auch hier gab es kein verborgenes Geheimnis für uns zu entdecken.

Wenn ich aber gehofft hatte, der Misserfolg würde den Mut des alten Zosimus kühlen, so hatte ich mich getäuscht. Er wurde nun erst recht von einem fanatischen Eifer erfasst und beharrte darauf, die Suche in der gleichen Form auf das ganze Schloss auszudehnen. Dem Grafen schien die Idee zuerst nicht recht zu behagen. Er erinnerte an den geradezu absurd hohen Aufwand, den eine solche Ausweitung nach sich ziehen würde. Als nun aber auch Petruschka mit Vehemenz darauf pochte, man müsse alles, wirklich *alles* daransetzen, den schrecklichen Vampir aufzufinden und unschädlich zu machen, um Lauras Leben zu retten, willigte der Graf endlich ein.

Alle mussten sich nun an der genauen Untersuchung des Schlosses beteiligen; auch der Kammerdiener, die Köchin und das Stubenmädchen wurden herbeigerufen, und sogar der Kutscher des Baron Nasia, der bei Tee und Schnaps in der Küche auf meine Rückkehr gewartet hatte, verstärkte unsere Truppe. Etwas widerwillig beteiligte auch ich mich an dem Unternehmen. Um der Wahrheit die Ehre zu geben, tat ich es hauptsächlich, um Fräulein Laura zu Gefallen zu sein. Denn die Grafentochter legte an der Seite ihrer Dienstboten selbst mit Hand an, rückte an Kommoden, lugte hinter Gardinen und tastete die Wände nach verborgenen Öffnungen ab. Ihre frühere Mattigkeit war wie verflogen, und ein gesundes Rot leuchtete auf ihren Wangen, sodass sie einen wahrhaft entzückenden Anblick darbot.

26

Zimmer und Säle, Stiegenhäuser und Gänge wurden nun reihum auf Herz und Nieren geprüft. Der düstere Sturmnachmittag ging bereits ins Dunkel der Nacht über, als wir Lauras eigene Gemächer erreichten. Sie selbst nahm, unterstützt nur von Petruschka und dem Stubenmädchen, die Untersuchung ihrer Räumlichkeiten vor. Die übrige Dienerschaft prüfte unterdessen die umliegenden Korridore, während ich mit Zosimus und dem Grafen in der Tür stehenblieb. Von hier aus hatte ich Blick auf das Porträt der Gräfin Mircalla, das an der Wand von Lauras Schlafzimmer hing. Im Original, welches ich nun zum ersten Mal sah, war es um ein Vielfaches größer und prachtvoller als die kleine, angedunkelte Kopie in der Kirche. Mit unwiderstehlicher Gewalt zog es mich zu dem Bildnis. Ohne Laura erst um Erlaubnis zu fragen, trat ich ins Zimmer, bis ich Mircalla von Daruváry Auge in Auge gegenüberstand.

Wie gebannt starrte ich auf das ausdrucksvolle Gesicht, – da ... ich wich jählings zurück. Laura erschrak darüber ebenso sehr wie ihr Vater und fragte mich, was ich erblickt habe.

»Ich weiß nicht, was es war«, gab ich zur Antwort, »aber wie ich vor das Bild trat, da kam es über mich wie ein Geruch von Moder, wie Grauen vor etwas, das dem Grabe angehört und das plötzlich an mich herangetreten wäre, das mich gestreift, berührt hätte ... Spüren Sie nichts?«

Zosimus, der ebenfalls hinzugetreten war, meinte: »Das wird bloß die Zugluft gewesen sein.«

»Aber sehen Sie nur«, sagte ich, indem ich genauer hinblickte, »das Bild ... wie es zittert!«

Er trat rasch zwei, drei wuchtige Schritte näher zu dem Bilde. »Sie haben recht«, sagte er und rieb sich die Augen. Auch Laura und der Graf traten nun ganz nahe heran und mussten uns zustimmen: Die bleiche Frau auf dem alten Gemälde zitterte heftig, sichtbarlich, als ob sie Leben gewonnen habe.

»Es ist keine Täuschung«, sagte Graf Ivo, »die Leinwand bewegt sich – wie ein Banner, das man im Wind aufgespannt hat!«

Ohne dass noch ein weiteres Wort nötig gewesen wäre, fassten Zosimus und ich den Rahmen des alten Gemäldes und hoben es von der Wand. Spinnweben zerrissen, ein Schauer von Mörtel rieselte durch die Luft herab, und hinter dem Bilde erschien in der Mauer eine schwarze, gähnende Öffnung.

Kaum war das Bildnis entfernt, als wir alle wieder innehielten und aufhorchten. Wir hatten etwas Seltsames bemerkt: dass nämlich der tosende Sturm draußen plötzlich gleichsam den Atem anhielt. Es war auf einmal totenstill um das Schloss und in dem Schlosse. Todstill wie in einem Grabe. Wir lauschten, der Wind blieb stumm, die Lichter der Lampen leuchteten ohne Flackern. Mein Herz fing schwer an zu pochen, bis in meinen Hals hinauf. Aber nun fühlte auch ich den Drang, weiter zu forschen.

Mit Zosimus’ Hilfe rückte ich die unter dem Bild gestandene Etagère behutsam beiseite. Die Wandöffnung reichte bis auf den Fußboden, dahinter führte eine steile, enge Treppe ins Dunkel hinab. Auf einen Wink des Grafen schritt Zosimus voraus, wir anderen folgten, ein jeder und eine jede mit einer Petroleumlampe bewehrt. Der Schein unserer Lichter huschte gespenstisch an den finsteren Wänden entlang, eine dumpfe, ungesunde Luft drang uns entgegen und zwang uns, so gut es ging, den Atem anzuhalten.

Bald schon mündete die Treppe in ein rundes Gewölbe, welches von einem dicken Pfeiler in der Mitte getragen wurde. Lautlos traten wir in die düstere Halle hinein. Als das Auge sich an das Habdunkel gewöhnt hatte und die Gegenstände ringsum erkennen konnte, bot sich ein eigentümlicher Anblick dar. Zwanzig hölzerne Särge standen aufgereiht nebeneinander, alle schwarz angestrichen, mit einem weißen Kreuz auf dem Deckel, sofern dieser überhaupt noch vorhanden war. Denn die meisten der Särge waren zusammengefallen, ihre Bretter morsch und zerbröckelt, sodass sie den Blick auf halbverweste Leichname freigaben. Modergeruch erfüllte die schaurige Gruft, wir zogen unsere Taschentücher hervor und pressten sie ins Gesicht, um nicht den verpesteten Todeshauch einzuatmen.

»Jesus Maria!«, sagte Petruschka, indem sie ihre Lampe in eine Wandnische stellte und ein Kreuzzeichen schlug; »so ist es also doch wahr: die geheime Gruft von Graf Antal!«

Laura, ihr Vater und ich blickten sie fragend an. Nur der alte Zosimus nickte wissend. Mit einem leisen Seufzen erklärte er: »Die hohen Herrschaften kennen vielleicht die Sage vom grausamen Grafen Antal, dessen eiserner Handschuh sich unter den Rüstungen oben im Rittersaal findet. Es heißt, er habe dreizehn Mätressen und sieben uneheliche Kinder ermorden und in einer geheimen Gruft im Schloss beisetzen lassen. Ich hielt das bislang stets für eine Legende, glaubte ich doch, jeden noch so verborgenen Winkel des Schlosses zu kennen. Aber wie wir heute schon zur Genüge gesehen haben, lag ich mit meiner Einschätzung falsch. Schloss Málfa birgt wohl mehr Geheimnisse, als selbst ich je geahnt habe!«

Wirklich hatte ich schon beim Betreten des Gewölbes bemerkt, dass sieben der Särge deutlich kleiner waren als die übrigen, und sie gleich für Kindersärge gehalten. Ein Teil der Ammenmärchen, die sich wie phantastisch aufgeblühte Rosenhecken um das Schloss rankten, schien also tatsächlich in historischer Wahrheit zu wurzeln. Sollte am Ende auch die Sage vom geheimen Begräbnis der Gräfin Mircalla einen wahren Kern haben? Die Frage wurde mir rascher beantwortet, als ich dachte.

Wir drangen, an den hölzernen Särgen vorbei, in den hinteren Teil der Gruft vor. Da stand, einzeln für sich, noch ein weiterer Sarg. Ein verkitteter, rostiger Kupfersarg, von grünem Kupferrost durchädert, als seien Schlangen darüber gekrochen. Auf dem Deckel erblickte man ein erhaben gearbeitetes Kruzifix und die eingepressten Formen eines Wappenschildes. Man hatte den Sarg auf einige übereinandergestapelte Holzblöcke gelegt, sodass er sich ein gutes Stück weit über den Boden erhob. Zosimus stürzte, trotz seines Alters, mit bemerkenswerter Schnelligkeit darauf zu und ließ seine Lampe den Sargdeckel entlanggleiten.

»Ha!«, rief er aus, »das Familienwappen der Daruváry!«

Ich war unterdessen ebenfalls ganz nahe herangetreten und konnte im Lampenschein eine Inschrift ausmachen, die sich in flachem Relief rund um den Wappenschild zog. Ich vermochte sie nicht vollständig zu entziffern, doch *ein* Name stach mir klar und deutlich ins Auge.

»Mircalla von Daruváry!«, las ich, mehr für mich selbst, mit halblauter Stimme, aber doch so, dass es die anderen hören konnten.

»Mircalla von Daruváry!«, wiederholten meine Begleiter, und der Name hallte in dem Gewölbe wider, als hätte ein Geisterchor ihn geflüstert.

Um uns nicht länger der verpesteten Luft auszusetzen, kehrten wir nach oben zurück, wo wir das weitere Vorgehen festlegen wollten. Zosimus drängte darauf, den Sarg auf der Stelle aufzusprengen, um den darin vermuteten Vampir zu vernichten. Niemand außer mir war unter den Anwesenden, der das Vorgehen für absurd gehalten und Einsprache getan hätte gegen den Nonsens und den Aberglauben. So wurde denn die übrige Dienerschaft wieder gerufen, der Gärtner musste sein ganzes Arsenal an scharfen Gartengeräten, das er im Salon zurückgelassen hatte, wieder heranschaffen, und auf diese Weise bewaffnet ging es abermals in das Gewölbe hinab. Laura und ihr Vater schlossen sich diesmal jedoch nicht an; sie wollten sich den zu erwartenden grausigen Anblick ersparen. Auch ich wäre dem unwürdigen Schauspiele gern ferngeblieben, aber Zosimus bestand auf meiner Teilnahme an dem Unterfangen. Um den kupfernen Sarg aufzusprengen, brauchte es nämlich junge, kräftige Männer. Zosimus selbst schied damit aus, ebenso der Kammerdiener, der sich bereits in ähnlich hohem Alter befand. Es blieben daher nur der Gärtner, der Stallbursche, Baron Nasias Kutscher und ich.

Als wir wieder beim Sarg angelangt waren, stemmten der Kutscher und ich die mitgebrachten Schaufeln auf der einen Seite an, der Stallbursche und der Gärtner steckten die Spitzen der Spaten wie Brecheisen in die Fugen unter dem Sargdeckel; ein Druck, ein Krach, und der Deckel fiel ab.

Die Leiche lag frei im unheimlich sprühenden Lichte der Fackeln, mit denen Zosimus und der Kammerdiener uns leuchteten. Dies war das erste und letzte Mal, dass ich einen ›wirklichen‹ Vampir angeschaut habe. Nie werde ich den schauerlichen Eindruck vergessen, den dieser Anblick auf mich machte.

Alle jene Eigenschaften, welche der Überlieferung nach die Leiche eines Vampirs kennzeichnen sollten, fehlten allerdings gänzlich. Der Leichnam der unglücklichen Gräfin

Mircalla befand sich in einem hohen Grade von Verwesung. Die einst weißen Grabgewänder umhüllten den Kadaver nur noch als bräunliche Fetzen. Das Gesicht war dunkel, fast braun, Nase und Augen eingefallen, alle fleischigen Teile merkwürdig klebrig, wie von einer zähen Masse überzogen, die herabgesunkenen Hände mit grünlichem Schimmel bedeckt.

Zosimus ließ sich dadurch nicht beirren. Er drückte seine Fackel dem Stallburschen in die Hand und nahm dafür einen zugespitzten Pflock, den er mitgebracht hatte. Ich wollte gegen die Leichenschändung einen letzten Protest einlegen, doch das Grauen vor der Welt der Toten schnürte mir so die Kehle zusammen, dass ich keinen Ton herausbringen konnte. Der Alte hob daher nun mit glänzenden Augen den Pfahl empor und stieß ihn mit Gewalt in die verwesende Brust, wie es die Tradition als untrügliches Mittel empfahl. Danach schnitt er mit einem scharfen Gartenmesser das Haupt der Toten vom Rumpfe, eine Arbeit, die umso leichter war, als die Verwesung das Hautgewebe bereits zernagt hatte.

Ich vermochte den unheimlichen Anblick nicht länger zu ertragen, – ich wendete mich um und tastete mich im Dunkeln zurück zu der Treppe, die aus dem Gewölbe hinausführte.

27

Gabriele ... Carmilla ..., oder wie immer man sie nennen sollte, ward nach jener Nacht nie mehr auf dem Schlosse gesehen. Laura indessen erholte sich rasch von ihrer merkwürdigen Krankheit und war innerhalb weniger Wochen ganz wiederhergestellt. Petruschka und Zosimus sahen sich dadurch in ihren abergläubischen Vermutungen bestätigt und führten ihre Heilung auf die Vernichtung des angeblichen Vampirs zurück. Ich freilich hatte eine andere Erklärung für die scheinbar rätselhaften Vorkommnisse: Es stand für mich außer Zweifel, dass die ungesunden Dämpfe, die durch die Wandöffnung hinter dem Bild aus dem Leichengewölbe ins Zimmer gedrungen waren, Lauras Krankheit verursacht hatten. Ja, ich vermutete, dass dieselben schon den Tod ihrer Mutter herbeigeführt oder zumindest befördert hatten.

Weit davon entfernt, ein Vampir zu sein, war Gabriele demnach nicht mehr als eine gewöhnliche Glücksritterin, eine Abenteuerin, die ihre Schönheit und eine vage Ähnlichkeit mit dem Porträt der Gräfin Mircalla ausgenutzt hatte, um sich als Parasit im Schloss einzunisten.

Graf Ivo hatte die von uns aufgefundenen Leichen gleich am Tag nach ihrer Entdeckung aus dem geheimen Gewölbe entfernen lassen. Die unbekannten Mätressen und Kinder Graf Antals wurden in einem Gemeinschaftsgrab auf dem kleinen Kirchhof des Dorfes Málfa wiederbestattet. Mircalla hingegen wurde mit allen Ehren, die ihr als einer Gräfin von Daruváry zustanden, zu ihren Ahnen in die Gruft unter der

Schlosskapelle gebettet. Zosimus hatte auf dieser Ehrerweisung bestanden, aus Angst, ihr Geist könnte sonst Rache an den Bewohnern des Schlosses nehmen. Der Pflock, den er ihr ins morsche Herz getrieben hatte, schien ihm keine ausreichende Garantie für unsere Sicherheit.

Dem alten Zeremoniell folgend, wurde Mircallas Leichnam, halbverwest wie er war, zwei Tage lang in der Kapelle öffentlich aufgebahrt. Aus allen umliegenden Ortschaften strömten Trauerbesucher herbei, wenngleich wohl mehr von Neugier getrieben denn von aufrichtiger Pietät.

Die Kapelle war nur zur Hälfte schwarz verhangen, da die Trauertücher der kleinen Dorfpfarrkirche nicht auf die Höhe der Schlosskapelle berechnet waren. In dem Schwarz waren, wie bunte gespießte Falter, gemalte Schilde mit dem Wappen der Daruváry angeheftet; ebenso an dem Paradebette und an den vier hohen Wachskerzen, die zu Häupten und zu Füßen standen. Der Katafalk war hoch, drei schwarzbelegte Stufen führten zu ihm hinan. Die zahllosen Lichter spannen ein glühendes, knisterndes Netz um ihn.

Laura wich die ganze Zeit über nicht von der Toten, gerade als wäre es wirklich die ihr so liebgewordene Freundin Carmilla, die da aufgebahrt lag. Sie saß entweder stumm zusammengekauert neben der Bahre oder kniete auf dem Betschemel zu Füßen derselben neben dem betenden Priester. Obwohl zu diesem Zeitpunkt ihre Gesundheit noch geschwächt war, verließ sie die Leiche nicht mehr, bis man den Sarg endlich hinab in die Gruft senkte. Am Tag nach dem Begräbnisse aber trat sie an ihren Vater heran und bat ihn, die halbverfallene Kapelle in ihrer alten Pracht wiederherstellen zu lassen, wie es der Würde einer adligen Grablege entsprach.

Die Wandflächen sollten mit Bildern, den Sieg des Lebens über den Tod darstellend, geschmückt und – *mir die*

Ausführung übertragen werden. Das Ansinnen war mir mehr als willkommen, denn die Ausgrabungen des Professors waren so gut wie abgeschlossen, und die Malarbeiten boten mir Gelegenheit, noch einige Wochen länger in der Nähe der schönen Laura zu verweilen.

Nachdem wir uns unter Hinzuziehung eines Geistlichen aus dem Kloster von Mórháza über die Wahl der einzelnen Sujets geeinigt und ich die Kartons entworfen hatte, schritt ich sofort zur Ausführung und nahm zu diesem Zwecke wieder meinen Aufenthalt ganz und gar auf Schloss Málfa.

Ich verbrachte nun Tag um Tag malend auf dem Gerüste in der Kapelle. Und doch brach mein Tag eigentlich erst mit dem Abend an. Da durfte ich mit der gräflichen Familie im Salon oder im Kaminzimmer beisammensitzen und mich an Lauras Anwesenheit erfreuen. Heilige Scheu und glühende Verehrung stritten in meinem Inneren um den Sieg; der Drang, stumm zu ihr aufzuschauen wie im Gebet wich dem heißen Verlangen, sie feurig an mich zu pressen und mit warmen Küssen zu überschütten.

Die Tage vergingen mir so traumhaft schnell, dass ich sie zu zählen vergaß, vielleicht, weil ich sie mehr nach Abenden rechnete, wo allein es mir schien, als lebte ich. Auf meinen Gerüsten stehend, warf ich mit kühner Hand Gestalten hin, wie sie anmutiger, lebendiger, farbenschöner nicht gedacht werden konnten, – und doch war meine Seele nicht dabei. Ab von meinen Farben, meinen Kartons, zog es mich hin zu *ihr*. In unbewachten Augenblicken sank die Hand mit dem Pinsel nieder, und in mich versunken starrte ich hinaus über die grünen Wellenlinien des Laubwaldes. Dort gab es einen stillen Platz unter breitästigen Eichen, so still, dass es war, als atmeten die Vögel leiser und flüsterten die Blätter noch heimlicher. Dort saß Laura oft stundenlang und las oder ließ ihr Auge träumerisch über die Umgebung schweifen. –

157

Meine Aufgabe sah ihrem Abschluss entgegen, und die Sonne, die bei Beginn derselben in ihrem Zenite leuchtend durch die Fenster hereinfiel auf die goldblitzenden Heiligenscheine, erhellte jetzt nur noch mit blassen, schrägen Lichtern die Sockel der Säulen und die Füße der Heiligen. Bei dem spärlichen Lichte der kurzen Herbsttage, bei der fröstelnden Temperatur malte ich meine Fresken, bis der früh einbrechende Abend mich entschädigte.

Wenn auch Gräfin Laura, durch die rauen Mahnungen in der Natur von ihrem Lieblingssitze unter den Eichen vertrieben, im Kaminzimmer des Schlosses Ersatz fand – *ich* musste doch gehen, um diesen Raum voll heiliger Dämmerung nicht wieder zu betreten.

28

Rabengesang. Einsam und wohlgemut saß ein alter Rabe in den dürren Ästen des Waldes um Málfa und sang in die rote kalte Luft hinaus, die schon schneeschwer in sich selber zusammenschauerte. Man pflegt den Lärm, der aus der Kehle der Raben kommt, sonst mit dem Namen Krächzen zu belegen, als wenn dies nicht auch sein Gesang wäre, wie ja doch das älteste, stimmlose Mütterchen ein Brautliedchen singen mag an warmen Sommerabenden am Grabe ihres Gatten. Und die Raben haben eine eigene Witterung. Wenn irgendwo Unglück oder Tod in ihrer Nähe ist, da jubeln sie so mutig in die unheilschwangere Luft hinauf wie an diesem Tage der Rabe im entblätterten, unter Schneewolken erschauernden Forste von Málfa.

Es war mein letzter Abend im Schloss – den nächsten Tag schon sollte ich Málfa verlassen.

Der Abend war stürmisch, einer jener Abende, wo es sich so gut sitzt in einem Zimmer, dessen Gemütlichkeit erhöht wird durch den zornigen Wind, der sich ärgert, dass er uns nicht umbrausen kann, und den die Flamme des Kamins verlacht. Und wie gemütlich war der heutige Tee in der Lichterstunde. Das Kaminfeuer lachte, der Wind draußen ärgerte sich, Laura kredenzte selber den Tee, wir lachten, wir fühlten uns gemütlich und knabberten Teebrot mit Ausgelassenheit. Der Graf saß am Kamin in seinem Fauteuil und fiel nach der zweiten Tasse in einen abendlichen Schlummer. Und Laura und ich rückten näher zusammen und plauderten leise.

Es war eine entzückende, dunkle, lichtdurchleuchtete, winddurchstöhnte, glückliche Stunde ...

Laura zog ein Büschel Spielkarten, das auf einem Gueridon in der Nähe lag, auf den Tisch herüber. Sie saß so bei mir, dass ich meinen Arm um sie schlingen konnte. Sie ließ es geschehen und ruhte gleichsam an meiner Brust. Die hohen Lehnen unserer Sessel trennten uns von dem schlummernden Grafen.

»Ich will Ihnen die Karte legen, wie ich es bei der Gräfin Monkholm gelernt habe«, lächelte sie.

»Ja!«, sagte ich, ohne nachzudenken.

Und sie legte die Karte. Sie legte sie zweimal, dreimal, wichtig, scherzend. Und zweimal, dreimal lag zuoberst das Treff-Ass auf. »Nein, wirklich, es wird Ihnen jemand sterben!«, rief sie. »Schon zum dritten Male liegt immer in Ihrer Nähe diese garstige Karte – Treff-Ass!«

Mit diesen Worten sprang die unheilvolle Karte wie von selber aus dem Büschel auf dem Tisch. »Schon wieder!«, rief sie betroffen.

»Wenn *du* mir nur nicht stirbst!«, sagte ich und nahm eine Locke ihres Haars in meine Hand und küsste sie. Sie schüttelte die Locken und senkte ihren Mund anstatt der Haare an meine Lippen herab ...

In demselben Augenblicke erklang vor den Fenstern das laute Gekrächz eines Raben. Graf Ivo schreckte unwillig aus seinem Schlummer auf und starrte verstört um sich. Laura und ich fuhren auseinander.

Den Rest des Abends verbrachten wir mit freundlich-harmlosem Geplauder. Die Gegenwart des Grafen ließ nicht zu, dass ich mich der Geliebten noch einmal mehr nähern konnte, als die Schicklichkeit es erlaubte. Bald schon zogen wir uns auf unsere Zimmer zurück.

Ich dachte diese Nacht nicht an Schlaf, nicht an meine

Abreise. Die gepackten Effekten umstanden mich chaotisch, während ich ruhelos, unter wildem Herzpochen den engen Raum meines Zimmers durchmaß. Der Schmerz der brennenden, hoffnungsleeren Liebe fraß sich langsam durch meine Seele, und meine Gedanken wurden von dem draußen tosenden Sturme hin- und hergewirbelt.

Eine grässliche Gespensteratmosphäre überkam mich. Was war das für eine Nacht? Alles so tot und so lebendig doch! Immer enger und enger spann sich die Einsamkeit und das unsichtbare, kämpfende, grauenhafte Nachtleben um mich wie ein Spinnengewebe und lähmte mir Glieder und Seele und ließ nichts leben als mein schwerpochendes Herz. Es war mir, als sei die ganze lebende Welt tot und gestorben in dieser Nachtstunde, und an ihre Stelle sei die Fäulnis und das Gestorbene getreten und lebe auf; als sei alles Gute und Himmlische machtlos geworden und ohnmächtig allem Bösen und Höllischen preisgegeben.

Der Sturmwind raste durch die Nacht wie eine kläffende Meute, aus den schneeschweren Wolken wirbelten leicht und grellweiß die ersten Flocken gegen die klirrenden Scheiben, die Bäume draußen bogen sich, hundertjährige, altersstarre Stämme krachten zusammen, die wilden Tiere flüchteten sich heulend aus dem verfluchten Walde auf die Heide hinaus; die ganze Natur empörte sich, und die Erde rief umsonst alle guten Kräfte: die Sonne, den Tag, das Blühen und das Leuchten zu Hilfe gegen die losgelassenen finsteren Mächte der Hölle oder des ewigen bösen Wollens im All. Die Leichen der toten Naturgötter richteten sich in ihren Gräbern auf und kämpften mit den Heiligen des Lichts, das ewig Gute rang mit dem ewig Bösen.

In meinen Ohren klang es auf einmal wie Glockenläuten. Ich horchte genau auf, es waren die Kirchenglocken des nahen Dorfes, die zwölfmal zur Mitternacht schlugen.

Da, kaum dass der letzte Schlag verklungen war, drang ein verzweifelter, herzzerreißender Schrei durch das wüste Getöse. Ich vermochte die Stimme nicht zu erkennen, doch es erfasste mich eine bange Gewissheit, dass der Klagelaut von Lauras Lippen gekommen war. Ich ergriff die Lampe und eilte aus dem Zimmer hinaus in den Korridor.

Wie ich an einer zertrümmerten Fensterscheibe vorüberkam, trieb der wilderwachte, entsetzliche Sturm mir stechende Schneeflocken ins Gesicht und verlöschte das Licht meiner Lampe. Ich stand jetzt in dem schwarzfinstern Gang, und die Dunkelheit ergriff mich wie mit lebendigen Händen, dass die verlöschte Lampe in meiner Hand zitterte. Aber ich vermochte nicht, meinen Schritt zu beschleunigen. Mit steifer, automatenhafter Bewegung schritt ich voran, mit der freien Hand mich an der Wand entlang tappend. So durchschritt ich den Korridor des schlafumfangenen Schlosses bis zur Treppe, die zu dem Gange hinanführte, in dem Lauras Zimmer lag. Ich ging halbwach, und meine Seele träumte – es war mir, wie es mir oft in schweren Träumen gewesen, als folge mir durch Klostergänge, durch ganze Straßen, bis in ein Haus, ein Treppengewirre hinauf, knapp an den Fersen ein gespenstischer Mönch bis an eine finstere Türe: und dort erwachte ich, in Angstschweiß gebadet. Ich stand vor Lauras Zimmer.

Ich fiel in der Finsternis krampfhaft mit der Hand auf die Klinke, die Tür war unverschlossen; ich stürzte hinein. – Der Anblick, der sich mir bot, war ein entsetzlicher.

Blutüberspritzt, mit durchschnittener Kehle lag Laura auf dem Bette, über sie gebeugt lag Graf Ivo, der mit Gier das aus der Wunde strömende Blut trank.

»Jesus Maria! Was geht hier vor!«, erklang hinter mir die Stimme Petruschkas, die eben mit Zosimus und dem Kammerdiener herbeigeeilt kam. Beim Klange dieser Stimme fuhr der Graf empor, wendete sich um und zeigte uns sein totenbleiches, vampirgleiches Antlitz. Seine Hand umklammerte noch das blutige Messer, aus seinen Augen starrte uns der blanke Wahnsinn entgegen.

Der ganze Raum drehte sich plötzlich um mich wie ein Kreisel, ich sah noch Lauras gebrochene Augen auf mich gerichtet, dann wurde mir kalt bis zum Herzen, und ich fühlte, dass jemand mich unter den Arm fasste und wegführte.

Als ich wieder zu mir kam, lag ich im Bette, und es herrschte tiefe Stille um mich. Auf dem Tische brannte die Nachtlampe, jemand hatte mir heißen Tee hingestellt. Mir fehlte jegliche Kraft, mich zu bewegen, zu handeln, überhaupt etwas zu tun und zu fühlen. Mit Müh' schaffte ich es, die Augen zu öffnen; ich schaute in ein dunkles Männerangesicht, das sich über mich beugte, ich schloss die Augen wieder, denn ich konnte mich nicht gleich entsinnen, wo ich war oder was mit mir geschehen. Erst langsam kam die schreckliche Erinnerung wieder. Als ich die Augen nach einer Weile abermals aufschlug, erkannte ich auch meinen Besucher. Es war István Kedvesi. Seine düstere Miene, in der sich Trauer und Sorge mit amtlicher Autorität mischten, ließ keinen Zweifel daran, dass das Erinnerte tatsächlich geschehen und nicht bloß ein böser Traum war. Laura war tot! Von der Hand des eigenen Vaters gemordet, auf immer für mich verloren!

Kedvesi hatte den Grafen bereits in Gewahrsam nehmen und nach Mórháza bringen lassen; er sollte noch heute in die Irrenanstalt von Pest weitertransportiert werden.

Laura, die unglückliche Laura wurde in der Kapelle des Schlosses aufgebahrt, umgeben von den eben erst vollendeten Malereien, die ich selbst in ihrem Auftrage ausgeführt hatte. Ob sie geahnt hatte, dass sie das Kirchlein für ihre eigene Leichenfeier ausschmücken ließ?

Sobald meine erste Benommenheit überwunden war, eilte ich in die Kapelle. Hohe Wachskerzen umstanden den Katafalk, im offenen Sarg lag die tote Geliebte, das Haupt etwas gehoben, die schönen Hände anmutig über der Brust gefaltet, in ihrem grauen Kleide, das sich dicht um den Hals schloss und so die tödliche Wunde verdeckte. Sie hatte nun nichts Erschreckendes mehr ... Man ließ mich mit ihr allein, und ich nahm sie in meine Arme und küsste sie und sprach zu ihr, als wenn sie noch lebte.

Zwei Tage lang harrte ich an ihrem Sarg aus, zwei Nächte hindurch wachte ich bei ihr, Stunde um Stunde verrann, ich merkte es nicht, ich dachte auch nicht, willenlos, einem Kinde gleich, saß ich da ... nicht einmal fähig, die Größe meines Verlustes ganz zu erfassen, denn der Schmerz hatte mich stumpfsinnig gemacht! Mir ist aus jener Zeit kein Wort meiner Umgebung, keine eigene Empfindung erinnerlich als ein dumpfer Stich im Gehirn, der mich unausgesetzt quälte.

Ich blieb so lange in Málfa, bis Laura in die Gruft, an die Seite Mircallas von Daruváry bestattet wurde. Dann floh ich dieses Haus mit all seinen Märchenträumen voll wonniger Schauer- und trügerischer Glücksvisionen. –

Jahre sind seitdem vergangen, ich bin nie wieder dorthin zurückgekehrt. Nur manchmal, wenn der erste Schnee fällt, denke ich noch an die ferne, stille Gruft, und unweigerlich ruft die Erinnerung mir dann das alte Sprichwort zurück in den Sinn:

Vor den Toten braucht man keine Angst zu haben; die Lebenden sind's, die man fürchten muss.

NACHWORT

1872, das Jahr des Vampirs

Das vorliegende Buch ist eine Collage aus Romanen, Erzählungen und Novellen, die im oder um das Jahr 1872 ent-
standen. In jenem Jahr erschienen gleich zwei Klassiker der
Vampirliteratur: Zwischen Januar und März veröffentlichte
die Zeitschrift *The Dark Blue* in drei Teilen Sheridan Le
Fanus genreprägende Novelle *Carmilla*, im Sommer brachte
Der Salon für Literatur, Kunst und Gesellschaft Theodor Storms
Novelle *Draußen im Heidedorf*, in der das Vampirmotiv zwar
weniger dominant, aber doch deutlich präsent ist. Aus der
zunächst vagen Idee, diese einander sowohl zeitlich als auch
thematisch nahestehenden Texte zu *einer* zusammenhängen-
den Erzählung zu verschmelzen, entwickelte sich nach und
nach das Konzept von *Schloss Málfa*.

Neben den bekannten Novellen von Le Fanu und Storm
wurden 1872 auch zwei heute weitestgehend vergessene
Vampirgeschichten von Emil Mario Vacano veröffentlicht:
Der Vampyr (im *Unterhaltungsblatt* des *Grazer Journals*) und
Der Sohn des Vampyrs (in der *Allgemeinen Familien-Zeitung*). Es
lag nahe, diese beiden kurzen Erzählungen ebenfalls für die
vorliegende Collage zu verwenden.

Über Vacano, der heute ebenso vergessen ist wie sein
Werk, schrieb der Journalist Oskar Welten 1874 in einer
Rezension, er gehöre »unzweifelhaft zu den seltsamsten, rät-
selhaftesten Individualitäten der deutschen Schriftsteller-
welt.« Zu Vacanos meist von Abenteuern und Geheimnissen
durchzogenen Werken hielt Welten an derselben Stelle fest:
»Ein Realismus, der es sich zur Aufgabe gemacht zu haben

scheint, in erschreckender Schilderung des Hässlichen, Schauder- und Ekelerregenden die Palme zu erringen, findet Platz neben Schilderungen voll wunderbarer Poesie und Schönheit.«

Ebenso rätselhaft und spektakulär wie sein erzählerisches Werk war das Leben des Autors. Rätselhaft vor allem deshalb, weil Vacano zur Selbstmystifikation neigte oder vielleicht besser gesagt: diese gezielt als Reklamemittel für sich einsetzte. Schon 1884 stellte das *Biographische Lexikon des Kaisertums Österreich* resigniert fest: »Unser Lexikon muss wohl eine Biographie des in Rede Stehenden bringen, aber wir gestehen offen, sie ist leicht gefordert und – schwer geschrieben. Jedermann weiß die genauesten Daten über ihn, und alle diese Daten widersprechen sich. Wenn man alles gelesen, was über ihn geschrieben wurde – und das ist nicht wenig – so fragt man sich, wo hört da die Mythe auf und wo fängt die Wahrheit an?«

Als gesichert kann immerhin gelten, dass Vacano 1840 in Mähren geboren wurde und, als Sohn eines österreichischen Katastral-Oberinspektors, in Galizien und der Bukowina aufwuchs. Seine Bildung erhielt er in einem örtlichen Kloster, und er zeigte als Jugendlicher auch selbst eine gewisse Neigung, sich für den klösterlichen Lebensweg zu entscheiden, brannte dann aber doch mit dem Zirkus durch. Dort trat er in Frauenkleidern als Kunstreiterin auf. Auch später, als er die Zirkuskarriere zugunsten der Schriftstellerei aufgegeben hatte und längst wieder männliche Kleidung trug, wurde er von engen Freund*innen wie Emerich Graf Stadion oder Alberta von Maytner als »Miltschi« angeredet – einer in Österreich damals gängigen Koseform des weiblichen Namens Emilie. Es ist kein Zufall, dass Vacano heute fast öfter in Arbeiten zur Geschlechtergeschichte Erwähnung findet als in der Literaturgeschichtsschreibung. In der

168

Forschung wird er wechselweise als homo- oder als bisexuell bezeichnet. Aufgrund des eben Gesagten lässt sich zudem spekulieren, dass seine geschlechtliche Identität möglicherweise im Transgender-Spektrum lag. Insgesamt ist das Quellenmaterial aber zu dürftig, um diesbezüglich eine konkrete Aussage treffen zu können, weshalb man sich wohl mit dem vagen Überbegriff »queer« begnügen muss.

Die eben schon erwähnte Alberta von Maytner brachte in ihren nach Vacanos Tod 1892 verfassten Erinnerungen an den Freund und Kollegen auch seine Vorliebe für Vampire mit seiner Geschlechtsidentität in Verbindung: »Emil Vacano hat nicht umsonst Vampyre gedichtet«, schreibt sie, »denn er hatte zwei Seelen in sich, eine männliche und eine weibliche (...).« Es ist nicht ganz klar, was sie mit diesem Bild sagen will; vermutlich bezieht es sich darauf, dass Vampire gleichermaßen der Sphäre der Lebenden und dem Reich der Toten angehören.

Wirklich tauchen Vampire oder vampirartige Wesen auffallend oft in Vacanos Werk auf, in vielen Fällen nur als Randbemerkung oder Metapher, in anderen aber als durchaus reale Bedrohung. Ich konnte daher nicht widerstehen, über das Jahr 1872 hinaus, auch andere Texte Vacanos hier zu verarbeiten. Konkret sind das die Erzählung *Schwarze Melancholie* (die im Dezember 1864 in *Westermanns Monatsheften* erschien) sowie die Romane *Dornen* (1869, gemeinsam mit Emerich Graf Stadion verfasst) und *Nasia & Comp.* (1876). Der Rückgriff auf diese Werke lag umso näher, als sie einige auffällige Übereinstimmungen mit den beiden zuvor erwähnten Vampirgeschichten des Autors aufweisen. Vacano war nämlich das, was man einen ›Vielschreiber‹ nennt, und scheute nicht davor zurück, ein und dieselbe Idee gleich in mehreren Büchern zu verwenden.

Nachdem damit der enggesteckte Rahmen des Jahrs

1872 schon einmal verlassen war, fand ich nichts mehr dabei, auch auf Anton Langers schaurigen ›Volksroman‹ *Der
Vampyr und sein Kind* von 1869 zurückzugreifen. Dieser
drängte sich gewissermaßen auf, da er einige interessante Pa-
rallelen zu Vacanos Vampirerzählungen aufweist, nur dass
bei Langer alles noch eine Spur reißerischer und blutrünsti-
ger ausfällt. Langer, ein gebürtiger Wiener, war Spezialist für
spektakuläre, überzeichnete Trivialromane, die meist als
Fortsetzungsgeschichten in diversen Wiener Zeitungen und
Zeitschriften herauskamen. So erschien auch *Der Vampyr
und sein Kind* in der Roman-Beilage des Humorblatts *Hans
Jörgel von Gumpoldskirchen*, dessen Herausgeber Langer selbst
war.

Doch um zum ursprünglichen Zeitrahmen zurückzukehren: Einige längere Passagen der vorliegenden Collage stam-
men aus E. Marlitts Roman *Das Heideprinzesschen*, der 1872
als Buch auf den Markt kam, nachdem er bereits im Jahr
zuvor in der Zeitschrift *Die Gartenlaube* abgedruckt worden
war. Marlitt (eigtl. Eugenie John) zählt zu den meistgelese-
nen deutschen Autor*innen der zweiten Hälfte des 19. Jahrhunderts. *Das Heideprinzesschen* ist eine Art weiblicher Ent-
wicklungsroman, in dem nicht zuletzt streng gehütete
Familiengeheimnisse für Spannung sorgen. Spukhafte Phä-
nomene im eigentlichen Sinn kommen darin zwar nicht vor,
sehr wohl aber ein altes Schloss voll verborgener Gänge, das
einiges mit den verwunschenen Schlössern in den Romanen
Vacanos gemeinsam hat. Darüber hinaus bot das Setting in
der norddeutschen Heide Anschlussmöglichkeiten an die
Novelle Theodor Storms, die in einer ähnlichen Landschaft
angesiedelt ist.

In Anlehnung an die Texte Vacanos und in Übereinstim-
mung mit der älteren Vampirtradition habe ich allerdings
nicht Norddeutschland, sondern Ungarn als Schauplatz des

vorliegenden Romans gewählt. Dabei kam mir auch eine Kurzgeschichte von Alice Kurs mit dem einschlägigen Titel *Erinnerung aus Ungarn* zugute, die 1872 in der Zeitschrift *Die Frauenwelt* erschien. Zumindest in einigen äußerlichen Details dürfte dieser Text tatsächlich auf Erinnerungen der Autorin basieren. Die aus Berlin stammende Alice Kurs hatte sich 1866 mit einem österreichischen Offizier vermählt und war diesem bald darauf in seine Garnison im ungarischen Komárom (dt. Komorn) gefolgt. »Hier«, so das *Deutsche Dichter-Lexikon* von 1876, »lebte die junge Frau, inmitten eines ihr durch Sitte und Gewohnheit fremden Volkes, bald in der Festung Komorn selber, bald, im harten Winter, jenseit der Donau in einem elenden Dorfe, von jeder Geselligkeit, beinahe von jedem Komfort des Lebens getrennt, und noch dazu in einer unglücklichen Ehe.« Es nimmt nach dieser Schilderung nicht wunder, dass die Schriftstellerin sich schon 1868 wieder von ihrem Mann trennte und in ihr Elternhaus zurückkehrte. Erst fünf Jahre später heiratete sie erneut, diesmal einen preußischen Offizier, mit dem sie, wie es heißt, fortan glücklich und in angenehmsten Verhältnissen in Köln lebte. Aus der so ungünstig verlaufenen ersten Ehe blieben ihr immerhin einige Erinnerungen und Eindrücke, die sie in ihrem literarischen Schaffen verwerten konnte.

Eine letzte Quelle, die ich noch anführen will, ist die melodramatische Liebesnovelle *Adelaide* von Therese Hansgirg, einer aus Böhmen stammenden Autorin, die unter dem Pseudonym Theodor Reinwald veröffentlichte. Der Text erschien 1873 im literarischen Jahrbuch *Die Dioskuren*. Da dieses bereits im Frühjahr herauskam, ist aber anzunehmen, dass Hansgirgs Beitrag schon im Jahr davor begonnen, wenn nicht fertiggestellt wurde und somit ebenfalls noch dem Literaturjahr 1872 zugezählt werden kann.

Einzelne Sätze oder kurze Passagen habe ich noch einer Reihe weiterer Werke entnommen, doch würde es den Rahmen dieses Nachworts sprengen, sie vollständig aufzulisten.

Ich war bemüht, die aus meinen Vorlagen übernommenen Versatzstücke möglichst wörtlich und unverfälscht wiederzugeben, doch machte es das Prinzip der Collage notwendig, sie hie und da ein wenig ›zurechtzustutzen‹. Um die aus ganz unterschiedlichen Zusammenhängen stammenden Teile zusammenzufügen, war es immer wieder vonnöten, Stellen umzuformulieren oder zu kürzen – manchmal aber auch, Dinge hinzuzufügen. So habe ich vor allem an den ›Nahtstellen‹ des Öfteren kurze Passagen, hin und wieder aber auch ganze Seiten neu geschrieben. Auch die (recht freie) Übersetzung der Ausschnitte aus Le Fanus *Carmilla* stammt von mir selbst.

Moritz Klopstein, November 2022